퓨전소설로 읽는 프랑스 예술기행

파리에서 온 이메일

그녀의 사랑과 감성 본능을 일깨운 세 남자:
남편, 연인, 그리고 소울메이트

파리에서 온 이메일:
그녀의 사랑과 감성 본능을 일깨운 세 남자: 남편, 연인, 그리고 소울메이트

2011년 9월 27일 초판 1쇄 발행
2019년 1월 15일 개정판 인쇄
2019년 2월 25일 개정판 2쇄 발행

저 자 : 정종제
발행인 : 정광식
발행처 : **비앤엠북스**
서울시 금천구 가산디지털1로 70 (호서대벤처타워 B1-103호)
등 록 2004. 12. 29. / 제313-2004-00298호
전 화 2627-5710~13, 팩스 2627-5720
홈페이지 www.대학교재.net
이메일 bnmbook@daum.net

정가 14,900원 ISBN 978-89-6821-087-7(03810)

정종제 지음

퓨전소설로 읽는 프랑스 예술기행

파리에서 온 이메일

그녀의 사랑과 감성 본능을 일깨운 세 남자:
남편, 연인, 그리고 소울메이트

비앤엠북스

차례

인연

만남

재회

인연

1. 접속

미라보 다리 아래로 흐르는 센 강을 건너다보던 조진정(趙眞正)은 거실의 탁자 위에 놓여 있는 컴퓨터의 전원을 켠다. 그리고 인터넷을 통해 가수 이선희의 홈페이지에 접속한다. 기러기 아빠 생활로 인한 향수를 달래기 위해서다.

그가 가장 좋아하는 가수는 1984년 MBC강변가요제에서 〈J에게〉로 대상을 수상한 이선희다. 자신의 성이 'J'로 시작하므로 그 노래의 모델이 자기라고 주변 사람들에게 장난삼아 이야기한 적도 있다.

약속해요 이 순간이 다 지나고
다시 보게 되는 그날
모든 걸 버리고 그대 곁에 서서
남은 길을 가리란 걸

인연이라고 하죠 거부할 수가 없죠
내 생에 이처럼 아름다운 날

또다시 올 수 있을까요

고달픈 삶의 길에 당신은 선물인 걸
이 사랑이 녹슬지 않도록 늘 닦아 비출게요

취한 듯 만남은 짧았지만
빗장 열어 자리했죠
맺지 못한대도 후회하진 않죠
영원한 건 없으니까

운명이라고 하죠 거부할 수가 없죠
내 생에 이처럼 아름다운 날
또다시 올 수 있을까요

하고픈 말 많지만 당신은 아실 테죠
먼 길 돌아 만나게 되는 날
다신 놓지 말아요

이생에 못한 사랑 이생에 못한 인연
먼 길 돌아 다시 만나는 날
나를 놓지 말아요

– 이선희 노래, 〈인연〉

배우 이준기가 출연한 영화 〈왕의 남자〉에 삽입된 노래 〈인연〉을 반복해서 듣다가 우연히 발견한 댓글에 그의 눈길이 머문다.

··· 레마르크의 소설 〈개선문〉에서 주인공 라비쉬와 조앙 마두의 대화에 "세상에서 가장 비싼 것이 무엇일까?"라는 질문이 있었지요. 또한 "아무리 비싼 것이라 할지라도 돈으로 살 수 있는 한 싼 것이다"라는 답변도 기억이 나네요. 작가는 '사랑'을 염두에 둔 것 같지만 '인연'도 복수 정답으로 인정되어야 하지 않을까요? 인연은 사랑이 시작되는 단초가 되니까요.[우인연] ···

***

우인연 선생님께

저는 한국 S그룹에서 20년 동안 직장 생활을 하다가 2년 전에 유럽지사로 발령을 받아 지금까지 파리와 인연을 맺고 있습니다.

제가 가장 좋아하는 가수 이선희 씨의 홈페이지에서 음악을 듣다가 우연히 선생님의 댓글을 접하게 되었습니다. 레마르크의 소설과 관련하여 남기신 글에 깊이 공감하며 온라인상으로나마 서로의 생각을 나누고 싶어 메일을 보냅니다.

고등학교 때에는 〈개선문〉을 포함하여 많은 소설책을 읽었으며 가끔은 그림도 그렸지요. 하지만 "그림과 소설이 밥 먹여주냐, 취직이 잘 되는 법대나 상대를 가야 한다"는 아버지의 강권으로 어쩔 수 없이 경영대에 진학하면서 저의 삶은 드라이해졌습니다.

대기업에 취직을 한 이후에는 마치 드럼세탁기 속의 세탁물처럼 정신없이 돌림을 당하는 것 같은 생활을 했습니다. 그러던 중 '해외 지사 근무'라는 행운이 저에게 찾아왔어요. 해외생활을 하다 보니 예전에 좋아했던 일들을 되돌아볼 수 있는 여유가 생겼으며 이선희 씨의 홈페이지도 방문할 수 있었던 거죠.

참, 저는 94학번이고요, 제가 다닌 학교에는 '자하연'이라는 조그마한 연못과 그 위를 가로지르는 다리가 있었지요. 우리는 그 다리를 '미라보 다리'라고 불렀습니다.

현재 제가 살고 있는 집은 8층짜리 아파트 건물의 5층이며 센 강과 미라보 다리를 가까이에서 볼 수 있어요. 학창 시절의 추억을 느껴보기 위해 센 강가의 아파트로 이사를 했지요.

미라보 다리와 센 강을 바라보면서, 학창 시절에 애송했던 시가 기억 나 다시 암송해봅니다.

미라보 다리 아래 세느 강이 흐르고
우리들의 사랑도 흘러간다
그러나 괴로움에 이어서 오는 기쁨을
나는 또한 기억하고 있나니

밤이여 오라 종이여 울려라
세월은 흐르고 나는 여기 머문다

손에 손을 잡고서 얼굴을 마주 보자

우리들의 팔 밑으로
미끄러운 물결의
영원한 눈길이 지나갈 때

밤이여 오라 종이여 울려라
세월은 흐르고 나는 여기 머문다

흐르는 강물처럼 사랑은 흘러간다
사랑은 흘러간다
삶이 느리듯이
희망이 강렬하듯이

밤이여 오라 종이여 울려라
세월은 흐르고 나는 여기 머문다

날이 가고 세월이 지나면
가버린 시간도
사랑도 돌아오지 않고
미라보 다리 아래 세느 강만 흐른다

밤이여 오라 종이여 울려라
세월은 흐르고 나는 여기 머문다

-기욤 아폴리네르, 〈미라보 다리〉

저는 이 시에서 '흐르는 강물처럼 사랑은 흘러갔고 가버린 시간과 사랑은 돌아오지 않는다'는 구절을 읽으며 이별의 아쉬움을 느꼈습니다. '괴로움에 이어서 오는 기쁨, 세월은 흐르고 나는 여기 머문다'에서는 실존에의 의지도 느꼈고요.

이 시에는 기욤 아폴리네르(Guillaume Apollinaire, 1880~1918)가 사랑했던 화가 마리 로랑생과의 이별의 정한이 담겨있다 해요.

시 제목이 된 '미라보 다리'는 파리의 15구와 16구를 연결해주고 있으며 그 밑으로 센 강이 흐르고 있지요. 일설에 의하면 15구에서 친구들과 술을 마시고 새벽녘에 미라보 다리를 건너 16구에 있는 자신의 집으로 오다가 다리 위에서 그 시를 착안했답니다(믿거나 말거나).

우 선생님의 멋진 댓글 하나로 저의 마음을 잠시 학창 시절로 되돌릴 수 있어서 행복했습니다. 가끔 메일로 프랑스와 한국의 소식을 나눌 수 있기를 바라면서 이만 줄이겠습니다.

파리에서 정현명(鄭賢明) 드림

***

정현명 선생님

먼저, 부족한 저의 댓글을 보시고 정성스러운 메일을 보내주신 것 감사드립니다. 특히 소개해주신 시 〈미라보 다리〉와 시인 기욤 아폴리네르의 사연에 깊은 감동을 받았어요. 저 역시 정 선생님의 메일 덕택에 학창 시절로 시간여행을 다녀온 것 같은 즐거운 느낌이 들었답니다. 그 시절에 읽어본 적 있는 〈미라보 다리〉를 다시 감상하고 작가에 관한 사연까지 알고 나니 시의 의미가 더욱 깊게 다가오네요. 되새김질하듯이 음미해본 그 시에는 김소월 님의 〈진달래꽃〉과 비슷한 정서가 깃들어 있다는 생각이 들더군요.

나 보기가 역겨워
가실 때에는
말없이 고이 보내 드리오리다

영변에 약산
진달래꽃
아름 따다 가실 길에 뿌리오리다

가시는 걸음걸음
놓인 그 꽃을
사뿐히 즈려밟고 가시옵소서

나 보기가 역겨워
가실 때에는
죽어도 아니 눈물 흘리오리다.

특히 마지막 구절 '죽어도 아니 눈물 흘리오리다'에서는 애이불비(哀而不悲)의 정서와 의지를 읽을 수 있습니다. 고려가요 〈가시리〉와 전통민요 〈아리랑〉, 그리고 황진이의 시의 계보로 평가되는 〈진달래꽃〉에서 우리 민족의 고유 정서와 맞닿아 흐르는 어떤 소박하고 진솔한 정감이 느껴지네요.

본명이 김정식인 소월은 모두 154편의 시를 남겼는데 그의 스승 김억이 자신의 시로 발표한 것도 있다고 하더군요. 근래에 교수가 제자의 논문을 도용한 사례가 떠올라 왠지 기분이 씁쓸합니다. 다행히 문화재청이 1925년 12월 김소월이 매문사(賣文社)에서 처음 간행한 시집이자 생전에 발간한 유일한 시집인 〈진달래꽃〉 초판본을 등록문화재로 등록했습니다.

우연한 계기로 〈미라보 다리〉와 〈진달래꽃〉이 연결되었듯이 〈인연〉이라는 노래를 매개로 정 선생님과 제가 온라인상 인연이 된 것 같군요. 저는 95학번이며 고3 때 TV를 통해 이선희 씨의 공연을 보고 팬이 되었지요.

참, 우인연은 제 닉네임이고요, 본명은 최인정(崔仁貞)이에요. 교육자이자 유교적 전통을 중시하신 아버지께서 직접 지어주셨지요. 저는 여고 시절부터 갖게 된 시와 소설에 대한 관심이 계기가 되어 국문학을 전공했지만 시인이 되고자 했던 꿈은 이루지 못했습니다. 대학을 졸업하자마자 부모님의 권유로 결혼을 한 후 평범한 가정주부로 살아가고 있지요. 가정주부로서의 일상생활은 시에 대한 관심과 열정을 더 이상 허락지 않았어요. 저의 감성은 자연스럽게 무디어졌으며 '시'라는 단어는 추억 속에 남게 되었답니다. 하지만 정 선생님의 메일을 읽는 동안 시에 대한 학창 시절의 감성이 모처럼 꿈틀거리는 느낌이 들었어요.

저는 10여 년 전에 유럽을 여행한 적이 있습니다. 그래보았자 패키

지여행이 으레 그렇듯이 예정된 나라의 주요 관광 포인트만 주마간산격으로 둘러보고 또 다른 나라로 이동하는 식이었지요. 파리에서는 에펠탑, 개선문, 콩코드 광장 등을 둘러보았습니다. 그때 심정으로 파리, 그곳에 한 일주일 머물면서 세계의 문화와 예술에 큰 족적을 남긴 많은 예술가들의 숨결을 느껴보았으면 좋겠다 싶었지요.

좋은 시와 사연을 소개해주셔서 다시 한 번 감사드려요. 앞으로도 가끔 파리 소식을 알려주시면 고맙겠습니다. 그럼 환절기 건강 유의하시기 바라며 이만 줄입니다.

서울에서 최인정 올림

2. 시간과 공간의 교차점

최인정 선생님

메일은 잘 전달되었는지, 메일 내용에 대하여 얼마나 공감하시는지 궁금했는데 이렇게 빨리 답신해주셔서 감사합니다.

아울러, 김소월님의 삶과 시의 소개도 좋았습니다. 〈미라보 다리〉와 〈진달래꽃〉의 정서가 비슷하다는 것까지는 미처 생각하지 못했는데 선생님의 메일을 읽고 '아, 그렇구나!' 하는 감탄과 함께 깊이 공감하였습니다.

닉네임과 메일의 내용으로 미루어 최 선생님은 '인연'을 매우 중시하시는 것 같군요. 저 또한 그렇습니다.

저는 '시간과 공간의 교차지점'이 인연의 시작이라 믿고 있습니다.

이 믿음은 천체망원경을 통해 우주의 별들을 관찰해온 유명 천문학자가 그의 책 〈코스모스〉의 헌사에서 사랑하는 아내에게 바친다고 한 글귀를 읽으면서 시작되었습니다.

은하계의 수많은 행성 중에 생명체가 있는 다른 행성에 태어나지

않고 지구에,

지구의 다른 나라가 아니라 캐나다에,

캐나다의 다른 도시가 아니라 밴쿠버에 태어난 것을 감사드립니다.

또한 이 지구에, 캐나다에, 밴쿠버에

백 년 전에 태어나 살다가 이미 사망했거나

백 년 후에 태어나서 살아갈 운명이 아니라

이 시점에 태어난 행운을 주신 데 대하여 감사드립니다.

왜냐하면 사랑하는 그녀가 나와 같은 공간, 같은 시간대에 살고 있기에 그녀와의 만남이 가능했기 때문입니다.

당시 꽤 충격적이었습니다. 인연에 대해 곰곰이 생각해보았지요. 그리고 그 후 저는 시간과 공간이 교차하는 지점을 함께해야만 만남이 가능하고, 그 만남이 인연의 출발점이라는 믿음을 갖게 되었답니다. 만약 공간의 축을 우주까지 확대하고 시간의 축을 수십억 년 전후로 확대할 경우 시간과 공간의 교차점은 이루 상상할 수가 없겠죠. 그렇게 많은 교차점 중 한 지점을 공유하는 행운이 인연이라고 생각하면 더욱 아리고 소중한 느낌이 들지 않습니까!

인연에 대해 생각하면서 최 선생님과 사이버 공간에서 서로의 생각을 나눌 수 있는 '소중한 인연'이 될 것 같다는 예감이 들었습니다.

제가 파리 생활을 하면서 다녀본 장소 중 인상적인 곳을 들라면 두 곳을 꼽을 겁니다. 인상파 화가 모네가 잠들어 있는 지베르니와 후기 인상파 화가 고흐가 잠들어 있는 오베르 쉬 우아즈입니다. 잘 아시겠지만, 두 인물 모두 세계 미술사에 큰 족적을 남긴 것으로 평가받고 있습니다. 저는 그 둘의 묘지 앞에서 그들과 나 사이에 '시간'은 엇갈렸으나 '공간'이 같으니 이런 형태로나마 만날 수 있구나 하고 감상에 젖었답니다. 시간과 공간 중 어느 하나만 공유하더라도 인연이 빚어지는 것을 몸소 체험했던 거죠.

그러고 보면 최 선생님과 저 역시 인연입니다. 보십시오, 우리는 이메일을 통해 사이버 공간이라는 공간을 함께하고 또 그 안에 존재하는 시간을 공유합니다. 최 선생님과 이야기를 나누는 데 서울과 파리라는 물리적 거리는 제게 전혀 문제가 되지 않습니다. 정말 대단한 인연이지요?

여기까지 적고 인연에 대한 제 생각이 지나치게 감상적이지 않았나 하고 멈칫거리고 있습니다.

현명 드림

ps. 최 선생님께서 유럽 여행 때 그렇게 아쉬워하셨다니 그 마음을 달래는 뜻에서 직접 스케치한 미라보 다리를 스캔으로 떠 첨부합니다.

***

정 선생님

선생님께서 주신 글을 읽으면서 같은 일에 대해서도 이렇게 심오하게 철학적으로 생각할 수도 있구나 하고 생각했습니다. 정 선생님은 사유의 폭이 무척 넓고 깊으신 것 같아요. 인터넷 댓글 이후 제 이메일 계정에 쌓여가는 스팸메일을 지워나가다가 아이디 'PontMirabeau'와 닉네임 'Parisien'에 이끌려 정 선생님의 메일을 열어본 것이 퍽 다행이었습니다.

대부분의 사람들이 자신이 누리고 있는 것에 대해 감사하기보다는 가지고 있지 못한 것이나 빼앗긴 것에 대해 심하게 좌절하고 분노하는 경향이 있는 것 같아요. 신변비관으로 인한 자살부터 어린 자녀들의 의사와 관계없이 자행된 동반자살, 인터넷 자살 사이트로 인한 자살 등에 이르기까지 일련의 극단적 사건을 듣고 있자면 매번 안타깝습니다.

제 친구 이야길 할까요. 제겐 갓 스물이 되어 결혼한 친구가 있어요. 대학에 다니던 중에 지금의 남편에게 첫눈에 반해버려 주위의 만류에도 재학 중에 식을 올렸답니다. 남편 쪽도 학생이고 시댁도 그리 넉넉지 못해놔서 말 그대로 수저 한 쌍으로만 신접살림을 꾸려야 할 형편이니 누구든 말릴 만했지요. 아는 사람마다 결혼을 만류할 때 그 친구가 그랬답니다. “다들 적령기에 결혼을 하지만, 나는 사랑하는 시기에 결혼을 할 뿐이야.” 결혼 후 그 친구는 경제적 어려움 속에서도 육아와 남편의 뒷바라지에 전념했습니다.

그 친구는 언제나 밝고 행복해 보이지요. 하루는 제가 그 비결을 물으니 꿈 이야기를 해주었습니다. “몇 년 전에 이상한 꿈을 꾸었어. 신이 나타나 ‘오백억 원을 줄 테니 너의 아들과 딸이 이 세상에 없는 것으로 하자’라고 하는 거야. 그런데 내가 막 울면서 ‘안 됩니다. 절대로 안 됩니다’ 하지 않겠어? 그러다가 잠에서 깨어 정신을 차리고 애들 방에 가 보니 우리 딸하고 아들이 잘 자고 있더라고. 그래서 그 다음부터는 ‘나는 오백억 원 이상을 가진 부자다’라고 생각해. 그 정도면 행복한 거잖아.” 그 친구의 남편도 친구처럼 아주 작은 것에도 만족하고 유머 있는 사람이라고 합니다. 저는 그 친구의 얘길 들으며 자신이 가지고 있는 것에 대해 만족하는 생활태도가 행복의 비결이라

나는 옛날 책을 팔에 끼고 / 센 강가를 지나갔다 /
강물은 내 고통과 비슷하다 / 흘러흘러 가나 마르지 않는다 /
대체 이 주(週)가 끝날는지 - 기욤 아폴리네르, 〈마리〉에서
(그림 : 미라보 다리)

는 것을 확신하게 되었지요.

단 두 번의 메일이라도 정 선생님과 서로의 생각을 나눌 수 있고, 이 인연이 소중하다고 느끼는 걸 보면, 저도 선생님이 말씀하신 인연의 의미를 어느 정도 아는가 봐요!

참, 직접 그려 보내준 미라보 다리는 매우 인상적입니다. 정 선생님의 정성 어린 손길도 느낄 수 있었고요, 인터넷에서 볼 수 있는 사진과는 달리 생명력도 느껴졌어요. 혹시 파리의 다른 상징물을 그린 스케치도 있나요? 바쁘실 텐데 제가 부담을 드리지 않았나 하는 생각이 드네요. 소중한 인연의 의미를 가슴 깊이 새기면서…….

인정 올림

3. 고흐와 이중섭

최 선생님

좋은 생각이 담겨 있는 메일 잘 받아 보았습니다. 학창 시절에 결혼한 친구분이 이야기해준 행복론은 정말 감동적이었습니다. 시쳇말로 '첫사랑은 이루어지지 않는다'고들 합니다. 그도 그럴 것이 첫사랑을 할 때가, 그러니까 처음으로 사랑이라는 감정을 느끼는 때가 이것저것 다 알기 전에 시작되기 마련이고 보면 그 말도 맞는 것 같습니다. 만약 그런 사람과 결혼 적령기까지 오랫동안 사귄다 해도 그동안에 미운 점도 보이고 싫은 점도 생기고 해서 처음 마음 같지 않겠죠. 서로를 알아가면서 낯간지럽지만 두근거리는 느낌이 들던 말이나 행동이 차츰 당연하거나 하찮게 여겨지고 그러다 보면 소원해지고 또 살다 보면 여러 사람을 만나기 마련이니 마음이 한곳에만 머물지 않을 테고 그러면 헤어지기도 하겠지요. 이러한 의미에서 친구분의 용기 있는 선택과 남들이 보기에는 사소한 것일지라도 소중히 여기는 마음에 갈채를 보내고 싶네요.

보내드린 스케치가 마음에 든다니 정말 기쁩니다. 혼자 즐거움으로 짬짬이 그려보곤 했는데 이렇게 보여줄 수 있는 사람이 생겨 얼마나 즐거운지 모릅니다. 주위 친구들이나 마찬가지로 저 역시 대학 졸업과 동시에 취업을 하고 그 일에 매여 살아왔습니다. 가끔 늦깎이 문단 데뷔니 직장인 밴드맨에 대한 신문기사를 보면 나도 전에는 특별히 꿈꾸던 무엇이 있었지 하고 어슴푸레 기억이 되살아나긴 했습니다만. 다행히도 파리에 근무하게 되었고, 이제는 놓여난 기분으로 뭔가를 해보려고 궁리하기도 합니다. 파리라는 곳에 대한 환상인지 모르지만, 이곳에서 가볼 수 있는 문화예술인들과 관련된 장소들을 둘러보는 것도 지극한 즐거움 중에 하나입니다.

지난 주말에는 고흐(Vincent Van Gogh, 1853~1890)가 잠들어 있는 오베르 쉬 우아즈에 다녀왔습니다. 파리에서 북서쪽으로 34킬로미터 정도 떨어진 조그마한 마을이었습니다. 마을 초입에 서서 둘러보니 오른쪽으로 한적한 오베르 역이 보이고 멀리 오베르 교회도 보였어요. 이번이 두 번째 방문이었는데 그곳이 자아내는 시골의 정취가 마음에 들었습니다.

오베르 쉬 우아즈는 고흐가 37년간의 생을 마감하기 직전에 그린 그림 70여 점의 배경이 된 마을이라고 합니다. 마을을 가로질러 뒤편으로 가면 고흐와 그의 동생 테오가 나란히 묻혀 있는 공동묘지가 있습니다. 두 사람의 묘비는 풀에 가려지고 담쟁이덩굴까지 그 주변을 그물 치고 있어서 막 대리석을 세운 듯이 깔끔하게 단장된 주변의 묘보다 초라해 보였습니다.

하지만 형제애는 남달랐다고 해요. 고흐가 동생 테오와 나누었던 편지가 668통이나 되는 것을 보면 고흐는 자신의 격정을 그림뿐만 아니라 글로도 표현할 줄 아는 사람인 것 같습니다.

이왕 고흐에 대해 이야기했으니, 돈 맥클린이 부른 〈빈센트〉를 덧붙입니다. 노래의 첫 구절은 언제까지고 잊을 수 없을 겁니다.

Starry, starry night
Paint your palette blue and gray
Look out on a summer's day
With eyes that know the darkness in my soul
Shadows on the hills
Sketch the trees and the daffodils
Catch the breeze and the winter chills
In colors on the snowy linen land
별이 많은 밤입니다
팔레트에 파란색과 회색을 칠하세요
내 영혼에 깃든 어둠을 알고 있는 눈으로
여름날에 바깥을 바라보아요
언덕 위의 그림자들
나무와 수선화를 그리세요
미풍과 겨울의 찬 공기도 화폭에 담으세요
눈처럼 하얀 캔버스 위에 색을 입히세요

Now I understand
What you tried to say, to me

참고) 스마트폰에 QR코드 앱을 설치하신 후 실행하여 QR코드를 인식시키면 노래를 감상하실 수 있습니다.

And how you suffered for your sanity
And how you tried to set them free:
They would not listen: they did not know how
Perhaps they'll listen now
당신이 이제 무얼 말하려 했는지
나는 이해합니다
당신의 광기로 얼마나 고통받았는지
그리고 얼마나 자유로워지려 노력했는지
사람들은 알지도 못했고 들으려고 하지도 않았죠
아마 그들은 이제는 들으려 할 거예요

* * *

정 선생님

고흐에 대한 많은 것을 알려주신 데 대해 감사드려요. 비록 화보를 통해서였지만, 게다가 유명한 몇 점 정도지만 고흐의 그림을 저도 보았습니다. 그에 대해서는 가수 조용필의 노래 〈킬리만자로의 표범〉에서도 나온답니다. "나보다 더 불행하게 살다 간 고흐란 사나이도 있었는데!"

정 선생님의 메일을 통해 고흐의 삶과 그림에 대한 열정, 그리고 천재성에 대한 찬사가 제게도 전해지는 것 같았습니다. 동생 테오와의 형제애에는 마음이 숙연해졌어요. 부모의 재산을 서로 많이 차지하기 위해 형제간에 의절하거나 심지어 법정에서 다투는 일이 심심치 않게 일어나고 있는 요즘 세태에 비추어 볼 때, 죽은 후에도 나란히

네가 내 새로운 하숙집을 와서 봤으면 좋겠구나. 이전에 말했던 그 집이다.
내가 항상 바랐던 침실을 갖게 되었지.
나는 아주 매력적인 사람들과 함께 생활하고 있다.
-테오에게 보내는 고흐의 편지에서
(그림 : 고흐가 오베르에서 머물렀던 하숙집)

묻혀 있는 그들의 아름다운 관계가 더욱 돋보입니다. 보내주신 곡 〈빈센트〉를 계속해서 열 번 정도 들으면서 시각과 청각으로 고흐를 깊이 느낄 수 있었어요. 휴대폰의 컬러링으로 익숙한 그 노래가 고흐와 관련된 것을 이제야 알았고요. 선생님의 메일을 받고 다음 날 바로 컬러링을 그것으로 바꾸었어요.

참, 고흐를 소개받고 나니 우리나라의 화가 이중섭(1916~1956)이 떠오르네요.

그는 평안남도 평원군에서 태어났으며 어릴 때부터 그림 그리기를 좋아하여 사과는 그리고 난 후에야 먹었으며 중학교 때부터는 소를 즐겨 그렸다고 해요. 고등학교를 졸업한 후 일본으로 건너가 미술학교에 다녔으며 일본 화가들이 창립한 단체의 공모전에 출품하여 입선하는 등 좋은 평가를 받았다고 합니다.

40세 때에는 서울 미도파백화점에서 개인전을 개최하였는데 유화와 은지그림을 비롯한 소묘 등을 전시하여 호평을 받았어요. 하지만 은지그림은 춘화로 몰려 철거당하고 그림값을 떼이기도 하는 등 빈털터리가 되어 자신의 처지에 자학이나 하는 듯 술을 마셨다고 해요. 1956년 영양실조와 간염으로 고통을 겪으며 음식물 섭취를 못하게 될 정도에 이르러 서대문 적십자병원에 입원했지요. 그러고 나서 한 달 지나 홀로 숨을 거둔 그를 3일 후에야 친구들이 발견하여 장례를 치렀다고 해요.

현재 뉴욕의 모던아트뮤지엄에 이중섭이 그린 은지화가 소장되어 있으며, 그는 창의적이고 인상적인 그림을 창조한 인물로 평가받고 있지요. 1978년 정부에서는 문화훈장을 수여하였고, 제주특별자치도 서귀포시에서는 그가 살았던 집을 복원하여 기념관으로 활용하고 있어요.

이중섭의 삶에는 상당히 많은 부분에서 고흐의 삶과 닮은 점이 있다는 생각이 드네요. 비록 두 분 사이에는 세계적인 유명세와 영향력에 있어서 현격한 차이가 있지만, 예술가로서의 삶 그 자체는 비슷한 것 같아요. 천재적인 소질과 개성, 파란만장했던 삶. 그 삶이 얼마나 가슴을 치는지는 노래나 책의 소재로 자주 등장하는 것만 보아도 짐작할 수 있습니다. 두 화가는 짧았던 삶의 여정 내내 그림을 통하여 메시지를 전달하려 했으며, 예술을 향한 그들의 정열은 타오르는 불꽃이 되어 여전히 후대 미술계를 밝히고 있다는 생각입니다.

인정 올림

4. 사랑과 자유의 함수관계

최 선생님

화가 이중섭에 대한 스토리 감동 깊게 읽었어요. 특히 고흐와 이중섭의 공통점에 대한 견해는 상당히 설득력이 있더군요. 을씨년스러운 파리의 날씨로 인해 고독했던 두 화가에 대한 상념이 더욱 깊어지네요.

날씨 탓인지 더욱 쓸쓸해지는 기러기의 마음을 이냉치냉(以冷治冷)으로 달래보고자 파리 시내에 있는 공동묘지를 찾았어요. 몽파르나스 공동묘지의 담장 벽을 따라 걷는 동안 세상이 온통 회색인 것 같았습니다. 맞은편의 건물, 지나가는 낯선 이의 외투, 그리고 구름 낀 하늘까지.

몽파르나스 공동묘지에 들어서자 바로 정면에 지도가 보였어요. 모파상, 보들레르, 드레퓌스, 에밀 뒤르켕, 사르트르, 보부아르 등 익숙한 이름들이 눈에 띄었습니다. 안내판의 번호 1, 묘역번호 20에 합장되어 있는 장 폴 사르트르와 시몬 드 보부아르의 무덤으로 발길을 돌렸어요. 함께 있는 모습을 보면 왠지 외로움과 추위를 이기는데 도움이 될 것 같다는 생각이 들어서였죠. 몇 걸음 가지 않아 공동

묘지 오른쪽 초입에 있는 그들의 무덤에 금세 도착했지요. 무덤에는 누가 가져다놓았는지 꽃들이 흩어져 있었습니다. 세워져 있는 깔끔한 돌판 위에는 'Jean-Paul Sartre 1905~1980, Simone de Beauvoir 1908~1986'라고 두 사람의 이름과 생몰연도가 선명하게 새겨져 있더군요.

그분들은 1929년 계약결혼을 하고 반세기 동안 자유로운 연인관계를 유지했습니다. 둘이 전제로 내세웠던 조건은 각자 다른 이성을 사귈 수도 있고 그것을 상대에게 알릴 것이며 재산은 별산할 것이었다고 합니다. 별별 일이 다 있는 오늘날이라고 해도 웬만한 사람에게는 파격적인 결혼입니다.

누구는 '결혼이란 서로 손을 잡고 마주 보며 웃고 알콩달콩 살아가는 것'이라고 하고, 누구는 '결혼은 마주 보는 것이 아니라 같은 방향을 보는 것'이라고 합니다. 그렇다면 계약결혼을 한 두 사람은 둘 중 어디에 속할까요? 어디에서 보니 사랑과 자유는 반비례하기 때문에 많이 사랑하면 할수록 상대가 느끼는 구속이 크다고 하더군요. 그런데 사르트르와 보부아르는 사랑과 자유를 함께 누렸나 봅니다. 그들은 자신이 만나는 연인과의 섹스에 대해서도 서슴지 않고 이야기했고 대화가 여의치 않을 경우에는 편지로 상세히 전했을 정도였다고 하니까요.

사르트르와 보부아르는 철학적 사유를 기반으로 자유, 존재, 실존의 문제들을 사유하고 직접 실천하며 끊임없이 토론함으로써 남다른 '사랑의 질'을 형성했다고 합니다. 여기에 '주거공간의 분리'가 둘의 관계를 지속시키는 데 큰 역할을 했을 거라고도 합니다. 한시도 떨어져 있기 싫어서 함께 살자고 결혼을 했는데 허구한 날 보다 보니 밍밍

오래전부터 우리의 삶은 뒤섞여왔고, 어느 정도로 제가 그에게 사랑으로,
아니 그보다는 절대적인 형제애에 더 가까운 사랑으로 그와 맺어져 있는지를
당신에게 이미 말했지요. -1948년 8월 8일 보부아르의 편지에서
(그림 : 장 폴 사르트르와 시몬 드 보부아르의 묘)

해지고 또 한편으로 살 맞대며 살다 보니 프라이버시 따위를 들먹이면 괜히 오해나 생기고, 이런 게 부부라는 것인데. 사르트르와 보부아르는 같은 집에서 함께 기거하지 않고 주거 공간을 분리함으로써 그런 문제에서 벗어났다고 해요.

그렇다면 결혼제도는 무엇일까요? 결혼제도는 사랑을 완성하고 보호해주는 것일까요, 아니면 사회체제를 유지하기 위해 사랑을 억압하는 것일까요?

보통은 결혼제도란 사랑을 완성하고 보호하는 것이라고 생각지 않나요. 하지만 곰곰이 생각해보면 나중의 생각도 그리 틀리지 않습니다. 일단 결혼하게 되면 그 이후에는 사랑이 식거나 새로운 사랑을 발견하더라도 결혼관계를 정리하기가 그리 쉽지 않잖아요. 더욱이 상대에 대한 책임과 의무 못지않게 소유의식이 뿌리 내리게 됩니다. 드라마에서 볼 수 있는 갈등의 대부분이 그런 양상입니다. 그래서인지 어떤 부부는 서로에게 '저 원수'라고 호칭하면서도 같이 살고, 또 어떤 부부는 이혼하느니 자살하는 경우도 있습니다.

다소 황당할지 몰라도 이런 결혼제도가 생기면 어떨까요? 일명 '결혼 20년 후 갱신제도'. 현재는 혼인신고를 한 후에 이혼을 하지 않는 한 결혼관계가 평생토록 지속됩니다. 하지만 결혼 20년 후 갱신제도에서는 혼인신고를 해도 그 효력이 20년만 유지되고, 20년 되는 시점에서 부부가 합의에 의해 재신고를 하지 않으면 자동으로 남남이 되는 거죠. 마치 운전면허처럼 유효기간이 지나기 전에 갱신하지 않으면 면허(결혼)가 말소되는 거지요. 너무 짓궂나요? 하지만 한 번의 결혼이 마치 상대에 대한 소유를 인정하는 듯한 느낌은 사라지지 않을까요. 그러면 상대에 대해 어느 정도 긴장감을 유지하고 사랑을 지속하기 위해 서로 노력할 테고요. 현재의 결혼제도상에서 발견할 수 있는 사랑을 억압하는 측면 역시 누그러뜨릴 수 있을 것이라고도 생각합니다.

창 너머로 내다보이는 파리의 시가지가 벌써 어두워지고 있습니다. 그럼 이만.

현명 드림

5. 온라인 교류의 조건

정 선생님

사르트르와 보부아르의 이야기 잘 읽었어요. 결혼에 대한 정 선생님의 생각에 공감합니다. 특히 결혼을 한 후 20년이 지난 시점에서 갱신하도록 하는 제도는 매우 흥미로웠습니다. 첫 메일과 두 번째 메일을 받고 선생님께 가졌던 인상, '호기심도 많고 사고의 폭도 넓으신 분'이라는 느낌이 맞는 것 같군요. 저는 지금까지 주어진 틀 속에서 일상생활을 해왔는데 정 선생님의 창의적인 생각을 접하고 적지 않은 감동은 받았답니다.

만약 '결혼 생활 20년 후 갱신제도'가 시행되고 있다면 나는 어떻게 할까 하고 생각해보았어요. 그리고 길게 생각할 것도 없이 바로 갱신할 것이라고 결론지었습니다. 그 이유를 듣고 싶다고요?

첫째, 저는 현재의 가정생활에 만족하고 있습니다. 국립대 이공계 교수로 재직하고 있는 남편은 무드는 좀 없지만 성실하고 책임감이 강한 사람입니다. 우리는 아들 하나를 두고 있는데, 요 몇 년 떨어져 지내지만 그 아이는 항상 곁에 두고 싶은 우리의 보물이랍니다. 그 애는 지금 미국 아이비리그에서 공부하고 있답니다.

둘째, 우리 부부를 둘러싼 양가의 여건은 갱신할 수밖에 없는 또 다른 현실입니다. 친정아버지는 '여필종부'라는 말을 노상 하실 정도로 유교적인 분이에요. 고등학교 교장선생으로 정년퇴직을 하고 나서는 한자학원에서 논어를 가르치고 있습니다. 고인이 되신 시아버지는 일제강점기 때 독립운동에 참여하였답니다. 시아주버니를 비롯한 시가에서는 시아버지와 집안의 전통에 대해 자부심을 갖고 있어요.

셋째, 갱신을 망설일 만한 상대가 제게는 없습니다. 그리고 달리 사랑하는 사람이 있더라도 어쩔 수 없다고 생각합니다. 첫째 이유와 둘째 이유 때문에요.

마지막, 저는 사랑은 책임이라고 생각해요. 선택에 신중해야 하고 일단 선택했으면 끝까지 책임을 져야 한다고 믿습니다.

거창한 이유는 아니지만 손가락을 하나씩 꼽으면서 이야기하다 보니 이제는 주먹을 쥐게 되었습니다. 그러니 이것이 제 결론입니다.

사르트르와 보부아르의 계약결혼 이야기에서 떠오른 아이디어가 있어요. 두 사람이 합의한 결혼 조건처럼 선생님과 저도 온라인상 교류의 조건을 만들면 어떨까요?

첫째, 오프라인에서는 절대로, 영원히 만나지 않는다.

둘째, 고해성사를 하듯이 숨김없이 고백할 수 있다. 단, 상대가 알리려고 하지 않는 사적인 사항에 대해서는 굳이 캐묻지 않는다.

셋째, 여기에서 알게 된 것은 무엇이 되었든 어느 누구에게도 말하지 않는다.

넷째, 상호 합의 없이는 비록 이메일이 오가지 않더라도 메일 계정을 폐쇄하지 않는다.

다섯째, 기술적인 사항으로, 상대에 대한 호칭은 편하게 하며 표현

방식은 편지, 수필, 소설, 메모 등으로 자유롭게 한다.

먼저 임의로 나열해보았는데 선생님께선 어떤가요?

가끔 저는 속마음을 털어놓을 수 있는 사람이 있으면 좋겠다고 생각했습니다. 친한 친구에게 시도해본 적도 있지만, 제가 조심스럽게 털어놓은 이야기를 다른 친구가 아무렇지 않게 또 다른 친구와 이야기하는 것을 듣고 속상했던 일이 있고 나서는 포기해버리고 말았습니다. 하지만 정 선생님과는 그런 이야기를 해도 괜찮지 않을까 싶습니다. 선생님의 메일을 읽으면 그런 확신이 듭니다. 그래서 온라인상의 교류조건 같은 것도 부끄럼 없이 제시하는 것이고요. 이것은 선생님에 대한 신뢰를 바탕으로 한다는 말입니다. 아, 이렇게 진지하게 말해버리면 선생님께서 어려워하실까요?

그럼, 즐거운 주말 되세요.

인정 올림

6. 고백

인정 씨

인정 씨가 제시한 다섯 가지 온라인상의 교류 조건에 전적으로 동의합니다. 모두 훌륭하지만, 특히 두 번째 것은 매우 좋은 아이디어군요. '임금님 귀는 당나귀 귀'라고 안방에서도 마음껏 떠들 수 있을 테니까 말입니다. 이렇게 할 수 있는 우리는 얼마나 행복한가! 새삼 가슴이 부풉니다. 그럼, 그동안 마음속 깊이 눌러놓았던 진실을 고백하고 얻는 행복을 제가 먼저 누려볼까요.

••• 대학 1학년 때였습니다. 누구에게나 있다는 첫사랑을 했던 게 그때였습니다. 그녀와 헤어지던 날 결심이라도 한 것처럼 잔뜩 굳은 목소리로 친구를 불러냈습니다. 그러고는 함께 집창촌에나 가자고 친구에게 큰소리를 쳤습니다. 그 친구, 흔쾌히 그러자고 하더군요. 우리는 먼저 분위기를 내보려고 포장마차에 가 소주를 마셨습니다. 얼큰해지니 친구가 묻더군요. 죽자고 '숫총각의 동정'을 지키겠다더니 왜 갑자기 마음을 바꾸었냐고. 나는 그렇게 사랑했던 사람과도 헤어졌으

니 이제 평생 독신으로 살 거라고, 그러니 동정이 다 무어냐고 대답했지요. 내 말을 들은 친구는 역사철학 전공자답게 '그런 이유라면 너의 거사에 함께할 수 없다'고 딱 자르지 뭡니까. 성경험이 없어 내심 두려웠던 나는 그날 밤 날이 샐 때까지 술만 마시고 말았답니다.

대학 2학년이 되고는 딱히 여자친구가 없었습니다. 크리스마스이브 때였어요. 솔로였던 나는 별다른 약속 없이 하숙집을 지키고 있었답니다. 이제 갓 스물을 넘긴 청춘이 그런 날 책상 앞에 앉았다고 묵묵히 책을 읽게 되지는 않지요. 같이 하숙하던 아이들은 모두 외출하여 왠지 공허하기까지 한 그 집에서 TV를 보는 것 말고는 딱히 마음을 달랠 만한 것이 없었습니다. 그래서 안방 문을 조심스럽게 두드렸어요.

TV에서는 크리스마스 특집으로 세계 3대 테너 가수인 루치아노 파바로티, 호세 카레라스, 플라시도 도밍고의 합동 공연실황이 중계되고 있었습니다. 그들의 노래를 한 번이라도 들어보았다면 그 순간 제가 홀린 듯이 TV에 집중해 있었다는 걸 이해할 겁니다. 그런데 불현듯 아랫목에서 이상한 소리가 들려 나를 자극하더군요. 하숙집 주인여자의 손이 등을 훑는 것 같기도 하고 말입니다. 순간 당황했습니다. 심장은 그야말로 펌프질을 해댔습니다. 처음에는 이 여자가 내가 누군지 알고 그러는지 모르고 그러는지 도저히 모르겠더군요. 이쯤에서 일어나야 할지 그대로 앉아 있어야 할지도 모르겠고요. 마침 그 중계방송이 끝나고, 나는 부리나케 안방을 빠져나와 내 방으로 돌아왔습니다. 다음 날 아침 거실의 식탁 위에는 아침 식사가 준비되어 있지 않았습니다. 아무래도 그녀가 누구에게 무얼 하는지 인식하고 있었다는 데 심증을 굳혔죠. 그날 이후 그녀와 나는 서로 눈을 마주치지 않은 채 데면데면 지냈습니다. 그리고 그해 마지막 날이 되었지요.

마치 하숙집이라는 외딴섬에 표류한 남녀처럼 그녀와 나는 그해의 마지막 날 밤을 TV 앞에서 함께하게 되었습니다. 한파가 들이닥쳐 꽤 추웠던지라 아랫목에 깔아둔 이불에 다리를 집어넣고 앉아 있었습니다. 그녀나 나나 아무 말도 않고 한참동안 TV만 쳐다보고 있었죠. 그러다가 그만 내 발이 그녀의 발에 닿았어요. 그녀는 발을 거두지도 않고 그대로 있더군요. 그러자 슬며시 이런 생각이 들었습니다. 그녀도 나를 원할 수 있다. 가슴이 쿵쾅거리는 것을 느끼며 조심스럽게 그녀 곁으로 다가가 손목을 잡았습니다. 그녀는 고개를 숙인 채 가만있더군요. 어깨가 오르락내리락 하는 모양이 보였습니다. 이번에는 용기를 내어 그녀의 가슴에 손을 대었습니다. 천천히 만져보는데 그녀가 귓속말로 방을 옮기자고 했습니다. 아랫목 저쪽에 그녀의 세 살 난 딸이 잠들어 있었습니다. 내 방으로 자리를 옮긴 다음 그녀와 나는 서로를 껴안으며 키스를 했지요. 마치 실비아 크리스텔이 나왔던 영화 〈개인교수〉의 한 장면처럼 그녀가 이끄는 대로 처음으로 나의 상징이 타인의 몸속으로 들어가는 경험을 한 것이에요. 하지만 너무 흥분했던 탓인지 첫 경험은 몇 분도 되지 않아 끝이 나고 말았지요.

연애에 베테랑인 한 친구가 첫사랑과 헤어진 데는 육체적 표현의 결핍이 가장 큰 요인이라고 한 말에 잔뜩 동화되어 적극성을 발휘했던 저의 첫 경험은 그렇게 허무했습니다. 그러고 나서 몇 번 더 청춘의 성경험을 했습니다. 우습게도 그 일로 책까지 찾아보는 열의를 내었지요. 하숙집 근처에는 고시원이며 책방이 많았는데 한갓진 골목 어귀에 있던 좁은 헌책방에서 그런 책을 보았습니다. 중국의 소녀경, 인도의 카마슈트라 등 성행위 관련 전문서적을 한글로 번역한 것이었지요. 굳이 밝히면, 연로하신 부모님께서 시골에서 힘들게 농사를 지어 겨우 마련하여 보내온 하숙비와 학비를 낼 무렵에는 또 다른 죄책감으로 괴로웠습니다.

이듬해 봄, 3학년이 되었고 아버지와 마을 어른들의 권유로 고시 공부를 시작하게 되었습니다. 그 뒤로 휴학과 복학을 반복하면서 고시에 응시했으나 결국 부모님의 기대에 부응하지 못하고 말았습니다. 그리고 군대를 마치고 나니 나이가 부담 되어 더 이상 버티지 못하고 회사에 취직했고, 오늘에 이르렀습니다. …

아아, 무엇을 첫 고백으로 할까 많이 고민했습니다. 그리고 가장 숨기고 싶은 내력이 무엇인지 따져보았습니다. 그것이야말로 역설적으로 누군가에게 고백하고 싶은 것이 아닌가, 하지만 고백할 상대가 없거나 그에 따른 부담 등으로 인해 고백하지 못했지 않는가 하는 판단이었습니다.

나에게 이러한 기회를 준 인정 씨에게 감사드리며 이만 줄입니다.

현명

***

현명 씨

온라인상 교류 조건을 쾌히 받아들이고 첫 경험의 사연까지 보내주어서 고맙습니다. 솔직히 저는 메일을 주고받으면서 현명 씨에 대해 좋은 느낌을 갖게 되었으며 서로 속마음까지 털어놓을 수 있는 친구가 되었으면 하는 바람이 생겼습니다. 그래서 어떻게 받아들일까 하는 우려를 하면서도 이메일 교류의 조건을 제시했던 것이에요. 당신이 '가장 숨기고 싶은 것은 역설적으로 가장 알리고 싶은 것일지도 모른다'며 선뜻 꺼내기 힘든 이야기를 먼저 고백해주어서 정말 마음을 놓았습니다. 이제부터는 저도 그동안 닫아놓은 마음의 빗장을 열고 현명 씨가 서 있는 '광장'으로 나가겠습니다.

27년 전 여고 시절을 떠올려봅니다. 유난히도 봄과 가을을 좋아했던 두 소녀가 저기 보입니다. 숙희와 나. 우리 둘은 봄이면 노란 개나리와 분홍 진달래꽃이 흐드러진 곳을 찾아 사진을 찍고 그 아래 벤치에 앉아 쉴 새 없이 이야기꽃을 피우곤 했지요. 또 가을이면 학교 뒤뜰 잔디에 누워 높고 푸른 하늘을 벗 삼아 우정의 계단을 차곡차곡 쌓아나갔답니다. 낙엽을 밟으면서 시도 외우고(시몬! 너는 아느냐 낙엽 밟는 소리를), 바람결에 뒹구는 낙엽들을 바라보면서 사색에 잠기기도 했지요. 예쁜 모양의 단풍잎을 보면 마치 행운의 네 잎 클로버를 발견한 것처럼 얼른 주워 들어서는 책갈피에 곱게 간직했습니다. 그리고 이듬해에 책장을 넘기는 소리에 깊은 겨울잠에서 깨어난 그 단풍잎 위에 시 구절을 적어 선물도 했습니다.

어느 날 우리 앞에 국어 선생님이 혜성같이 등장했습니다. 전교생이 그 선생님 때문에 마음을 설렜지요. 구깃구깃 걷어 올린 체크무늬 셔츠의 소매, 칼라에 닿을 듯 적당히 긴 컬이 진 머리카락, 말을 할 때면 입가에 언뜻 생기는 볼우물과 웃으면 환하게 드러나는 흰 치아. 훤칠하게 큰 키는 아니었지만 당당해 보이는 걸음걸이와 굵고 곧은 목소리는 지금 그런 사람을 만나다고 해도 매력을 느낄 만큼 근사했습니다. 국어 수업시간 직전이면 아이들은 너나 할 것 없이 손님 맞을 준비를 하듯이 예쁜 꽃무늬 껌종이로 분필을 곱게 싸서 교탁 위에 몰래 올려놓거나 난데없이 꽃병을 챙겨놓거나 거울 앞에서 머리를 빗거나 하며 활기에 넘쳤어요. 고운 포장지에 싼 책을 꺼내 펼치고 어제 문방구에서 고르고 골라 새로 산 볼펜을 책갈피에 끼워놓으며 반 친구들의 모습을 바라보는 제 가슴은 왜 그리 뛰던지……. 교실 문이 열리고, "Hi, Good morning!" 하면서 오른손을 번쩍 들고 등장하는 선생님. "예쁜 친구들" 하면서 출석부를 교탁에 내려놓을 때면 반 아이들은 탄성을 질렀습니다. 우리는 선생님이 제일 먼저 집을 분필이 두엇일지 조마조마하니 지켜보았고 자기가 포장한 분필이 들리는 순간 그 친구는 기뻐 소리를 지르고 그렇지 못한 친구들은 속상해했습니다. 그 국어 선생님은 수업이 끝나기 5분 전이면 가끔 멋진 시를 낭송해주었습니다. 그때 들었던 시 중에 〈미라보 다리〉도 있었네요. 그때를 돌이켜보면 지금도 가슴이 설렙니다.

단짝인 숙희와 난 그때까지 많은 이야기를 나누었지만 첫사랑에 대해서는 그렇지 못했어요. 숙희가 국어 선생님을 좋아한다고 먼저 고백했기 때문입니다. 그 후 저의 첫사랑은 아무도 모르는 비밀이 되었습니다. 그리고 오늘 저의 첫사랑을 처음으로 현명 씨에게 고백하네요. 왠지 마음이 편안합니다.

어제 오후에는 모처럼 공원을 산책하고 그곳 벤치에 앉아 커피의 향과 어우러진 가을의 정취를 즐겼습니다. 오가는 사람들의 모습이 행복해 보였고 해맑은 아이들의 웃음소리도 정겨웠어요. 예쁘게 물든 단풍잎들이 햇빛에 반짝이는 모습이 더 고와 보였습니다.

내내 행복한 마음으로 메일을 썼네요.

인정

7. 꿈 이야기와 〈인셉션〉

인정 씨

단발머리 흰 칼라 여학생의 첫사랑이란 순정(純情) 그 자체로군요. 하얀 블라우스에 검정 치마를 단정하게 받쳐 입은 여성을 볼 때면 고등학교 시절 곁눈질로 훔쳐보던 여고생들이 떠올랐는데, 이제 인정 씨의 첫사랑 이야기를 읽었으니 열아홉 순정까지 생각이 나겠는데요. 게다가 인정 씨는 참 순한 사람인가 봅니다. 자신이 바라는 것과 주위 사람들의 이해가 충돌할 때는 먼저 양보하는 것을 보니 말입니다.

오늘은 제 꿈 이야기를 준비했답니다. 제 꿈에는 인정 씨처럼 청순하고 이해타산 없는 사람들만 등장합니다.

··· 강원도 어느 계곡, 좁은 숲길을 따라 여행객을 위한 펜션이 멀찍이 거리를 두고 늘어선 그곳에 흙벽을 바르고 굴뚝을 낸 작은 집 한 채가 들어섰다. 그 집은 크기가 사랑채처럼 아담해서 처음 펜션 길 초입에 들어서는 사람이라면 경비실로 착각할 정도였다. 그 집 공사가 시작될 무렵부터 눈여겨보았던 나는 대체 그곳이 무엇을 위한 곳인지

무척 궁금했다. 그 궁금증은 공사가 완료되고도 몇 달이 지나서야 풀렸다. 흙벽에 난 출입문 왼쪽으로 어린아이가 썼나 싶게 심하게 균형이 무너진 필체로 '편지찻집'이라는 간판이 걸렸던 것이다. 소문으로는 노인치고는 정정해 보이는 이가 종업원도 없이 직접 운영하는 찻집이라고 했다.

출입문을 열자 풍경 소리가 났다. 조금 어둑한 찻집 안에는 얕은 탁자와 탁자보다 더 낮은 의자 몇 개가 세트를 이루어 두 군데 놓여 있었다. 주인이 차를 끓이는 곳에는 길게 탁자를 대 손님이 마주 앉을 수 있게 준비되어 있었다. 두리번거리면서 탁자 하나에 다가가 앉으니 의자 높이는 생각보다 더 낮아서 무릎이 솟아올랐다. 탁자에는 독특하게 조그마한 나비장이 하나 올라 있었다. 서랍장 측면에 메뉴인가 싶은 쪽지가 붙어 있었다. '보성녹차 5,000원, 한라산설록차 5,000원, 국화차 6,000원, 보이차 9,000원……' 말린 잎으로 만들 수 있는 차는 모두 취급하는 것 같았다. 그런데 메뉴 끄트머리에 적힌 차는 실수로 영을 잘못 붙여놓았는지 그 가격이 엄청나다. '꽃반지 3,000,000원.' 차 이름도 낯선데 터무니없는 가격이다. 장난친 게 아니라면 분명 사연이 있겠지 싶었다.

나는 우선 주인을 불러 오천 원을 건네고 보성녹차 한 잔을 시켰다. 그러자 주인은 더운물이 든 다관과 찻잔, 숙우를 받친 쟁반을 들고 와 탁자에 가지런하게 늘어놓더니 끝으로 내게 작은 열쇠 하나를 건네고는 자기 자리로 가버렸다. 찻잎은 나비장에 들어 있다는 거였다.

나비장을 끌어당겨 앙증맞은 자물쇠를 쥐고 열쇠를 꽂아 비틀었다. 그 안에는 각각에 차 이름이 적힌 한지 봉투가 차곡차곡 쌓여 있었다. 나는 보성녹차라고 적힌 봉투를 찾아 꺼낸 다음 나비장을 살며시 닫

왔다. 그리고 가루약 약봉투를 다루듯 조심스럽게 차봉투를 벗겼다. 감추려는 것도 없고 누가 지켜볼까 봐 걱정스럽지도 않은데 내 손길은 자꾸 은밀해졌다. 잘 말린 찻잎이 먼저 드러났다. 가만 보니 찻잎 아래로 쪽지 같은 게 깔려 있었다.

찻잎을 다관에 넣고 잠깐 기다리는 동안 쪽지를 살펴보았다. 뭔가 싫어 주인 쪽으로 고개를 돌려보았지만 도통 손님에게는 신경도 쓰지 않는 눈치였다. 나는 얼른 손을 내밀어 쪽지를 움켜쥐고는 별 일 아니라는 듯이 기침을 한번 했다. 우러난 찻물을 숙우에 붓고 그것을 찻잔으로 옮겨 담았다. 왼손에 쥐고 있는 쪽지 때문에 오른손만 써야 했는데 생각보다 힘이 들었다. 얼른 한 잔을 마시고 또 한 잔을 따르고 다시 한 번 주인 쪽을 보았다. 여전히 그는 나에게 신경 쓰지 않는 눈치였다. 왼손을 폈다. 조금 구겨진 쪽지를 탁자에 대고 반듯하게 누르며 펴보았다. 쪽지의 크기치고는 짧지 않은 글이 적혀 있었다. 그 글의 주인공은 전남 보성군청에 근무하는 공무원이었다.

"어느 날 군수님이 급히 찾는다 하여 가보니, 고위층의 따님이 '다향제'를 관람하기 위해 친구들과 함께 보성으로 내려오는데 그 일행의 가이드로 그가 뽑혔다는 것이었다. 외모도 준수하고 철학을 전공했으니 설명을 잘할 것 같다며 군수가 직접 뽑았다고 했다.

그녀는 예상과 달리 발랄하고 생기 넘치는 귀여운 스타일이었다. 서울의 한 여대에서 불문학을 전공하고 있다고 자신을 소개했다. 그녀의 일행은 1박 2일의 일정으로 그곳에 온 것이었고 그는 이틀 동안 꼬박 수발했다. 그녀의 일행이 '녹차해수탕'에 들어갈 때에는 두 시간 동안이나 근처에서 서성이기도 했다. 예정 일정이 끝나자 그녀는 그에게 〈태백산맥〉의 모티브가 된 현장을 소개해달라고 개인적으로 부탁했다. 그는 싫지 않았다. 그녀가 서울로 돌아간 뒤로 둘 사이에는 편지가 오갔다. 그녀가 방학을 하면 함께 만나 고산 윤선도의 유적지며 김영랑의 생가며 답사를 다녔다. 시간이 지나면서 둘 사이에는 정이 쌓였다.

몇 년이 지났을까. 그녀가 아버지에게 결혼을 권유받았다는 소식이 그에게 전해졌다. 상대는 중앙부처에 근무하고 있는 장래가 촉망되는 젊은 사무관이라고 했다. 그녀는 지금까지 아버지가 자신에게 베풀어 준 은혜를 생각하면 결코 아버지의 청을 거절할 수 없다고 했다. 그것은 일방적인 이별 통보나 마찬가지였다. 그는 아무런 내색도 못하고 그녀의 행복을 빌어주었다.

그 후 그는 공무원생활을 접고 고향을 떠나 공부를 다시 시작했다. 어느덧 그는 어엿한 변호사가 되어 대형 로펌에 취직을 했다. 몇 년이 또 흐르고 기반을 잡은 그가 오래간만에 고향을 찾았다. 그는 고향에서 사촌으로부터 국제우편 한 통을 건네받았다.

10년이나 지난 편지였다. 모르는 영어 주소가 적힌 편지봉투에서 나온 편지에는 그에게 낯익은 글씨가 적혀 있었다. '그때 제가 곧 결혼할 예정이라고 했던 것은 사실이 아니었어요. 그때 저는 치료할 수 없는 병에 걸린 것을 알게 되었고 치료를 위해 급하게 캐나다로 가야 했어요. 당신에게 그 사실을 있는 그대로 알리지 못해 미안해요.' 그 편지는 그녀가 죽으면 그의 고향집에 보내도록 조치된 것이었다. 그녀는 그에게 편지를 받거든 너무 슬퍼하지 말고 자신의 몫까지 두 배로 행복하게 살아달라고 부탁했다."

오랜만에 듣는 연애담이었다. 어느 결에 왔는지 옆 테이블에는 남녀 한 쌍이 앉아 있었다. 그들에게서 국화차 향기가 났다. 둘은 내가 쳐다보는 것도 모르고 머리를 맞대고 쪽지를 읽고 있었다. 그러니까 그들이 시킨 국화차에도 사연이 적혀 있는 모양이었다. 아마 차봉투마다 사연이 담겨 있는 모양이었다. 녹차를 한 모금 머금고 나비장을 바라보던 나는 메뉴 끄트머리에 적힌 '꽃반지'에 부쩍 관심이 갔다. 그 차의 맛보다 사연에 대해서였다.

'편지찻집'을 드나들며 차봉투마다 적힌 사연을 거의 다 알아갈 무렵이었다. 그날도 나는 차 한 잔에 사연이나 들어볼까 하여 그 찻집을 찾았다. 막 자리를 잡고 앉으니 한복을 곱게 차려 입은 60대 초반의 여인이 찻집 안으로 들어왔다. 비록 나이는 속일 수 없지만 꽤 화사한 얼굴이었다. 그녀는 나비장의 메뉴를 한참동안 들여다보더니 지갑을 열었다. 다가간 주인에게 그녀가 시킨 차는 '꽃반지'였다. 나는 어쩌면 오늘 그 차의 사연을 알게 될지 모른다고 기대에 부풀었다.

갑자기 노랫소리가 찻집의 공기에 파동을 일으켰다. 샹송가수 에디트 피아프의 〈Non, Je ne regrette rien〉였다. 아무래도 그녀가 신청한 곡인 것 같았다.

Non! Rien de rien

Non! Je ne regrette rien

Ni le bien qu'on m'a fait

참고) 스마트폰에 QR코드 앱을 설치하신 후 실행하여 QR코드를 인식시키면 노래를 감상하실 수 있습니다.

Ni le mal tout ça m'est bien égal!
아니에요! 그 무엇도 아무것도
아니에요! 난 아무것도 후회하지 않아요
사람들이 내게 줬던 행복이건
불행이건 그건 모두 나와 상관없어요!

Non! Rien de rien
Non! Je ne regrette rien
C'est payé, balayé, oublié
Je me fous du passé!
아니에요! 그 무엇도 아무것도
아니에요! 난 아무것도 후회하지 않아요
그건 대가를 치렀고, 쓸어버렸고, 잊혀졌어요
난 과거에 신경 쓰지 않아요!

Avec mes souvenirs
J'ai allumé le feu
Mes chagrins, mes plaisirs
Je n'ai plus besoin d'eux!
나의 추억들로
나는 불을 밝혔었죠
나의 슬픔과, 나의 기쁨들
난 더 이상 그런 것들이 필요하지 않아요!

Balayés les amours

Avec leurs trémolos

Balayés pour toujours

Je reparas à zéro

내가 사랑했던 이들을 지워 버리고

그들의 떨리는 음성들도

영원히 씻어 버렸죠

난 다시 처음부터 시작할 거예요

Non! Rien de rien

Non! Je ne regrette rien

Ni le bien, qu'on m'a fait

Ni le mal, tout ça m'est bien égal!

아니에요! 그 무엇도 아무것도

아니에요! 난 아무것도 후회하지 않아요

사람들이 내게 줬던 행복이건

불행이건 그건 모두 나와 상관없어요!

Non! Rien de rien

Non! Je ne regrette rien

Car ma vie, car mes joies

Aujourd'hui, ça commence avec toi!

아니에요! 그 무엇도 아무것도

아니에요! 난 아무것도 후회하지 않아요

왜냐하면 나의 삶, 나의 기쁨들이
오늘 그대와 함께 시작되거든요!

음악을 듣는지 그녀는 한동안 눈을 지그시 감고 있었다. 그러더니 네 번째 '아니에요'를 외치는 순간 눈을 뜨고 나비장의 자물쇠를 만졌다. 그녀는 차봉투에서 나온 것을 손가락 끝으로 들어 올려서 꼼꼼히 살폈다. 내가 건너다보니 반지 모양으로 말아 말린 풀잎처럼 보였다. 그녀는 찻잎을 한쪽으로 밀어놓고 이번에는 쪽지를 집었다. 그 쪽지를 읽는 동안 그녀의 얼굴은 조금 상기되었다. 궁금증이 머리 끝에 닿은 내가 인사나 건네려고 자리에서 일어서는 순간, 그녀의 볼에서 반짝이는 게 보인 것 같았다.

시간이 더디게 간다는 걸 실감하는 동안이었다. 내 궁금증은 터져버릴 지경이 되었다. 그녀는 손수건을 꺼내 눈가를 찍었다. 혀로 입술을 살짝 핥는 것이 그녀 역시 긴장했던 모양이었다. 그때 찻집 주인이 그녀에게 다가갔다.

"혹시 이연희 씨가 아니신지요?"

"예 맞습니다, 그러면 당신은 김대수 씨?"

"예! 그래요, 맞습니다."

그녀와 찻집 주인은 탁자를 사이에 두고 앉았다. 자기를 똑바로 보고 있는 주인을 향해 머뭇거리듯이 미소 짓던 그녀가 차봉투에 얹혀 있는 반지를 다관에 넣고 탁자 아래로 손을 거두어들였다. 주인은 그녀가 하는 양을 찬찬히 보고 있었다. 노랫소리가 사라진 지는 오래였다. 나는 두 사람의 모습을 바라보다가 그만 퇴장하였다.

이장네에서 찻집 소식을 들은 것은 슬그머니 찻집을 나오고 나서 한 달이 다 되어서였다. 갑자기 바쁜 일이 생겨서이기도 했지만 차봉투 하나씩을 뜯으며 감질나게 훔쳐봤던 연애들이 내가 꾼 꿈이었던 것 같아서 발길을 끊고 말았던 것이다. 이장 이야기로는 찻집은 이제 문을 닫았다고 했다. 찻집 주인은 명예퇴직한 교수로 서울 유명 대학에서 가르쳤으며, 굳이 여기까지 내려와 찻집을 낸 것은 단지 사람을 찾기 위해서였고, 찾는 사람은 그가 여섯 살 때 그 마을 친척집에 왔다가 알게 된 여자아이였다고 했다. 나는 이장에게 혹시 찻집 주인이 그 여자아이를 찾았다는 말을 듣지 않았느냐고 묻지 않았다. 그가 그녀를 찾은 게 분명했으니까. 나비장에서 꺼낸 '꽃반지' 차봉투에 있던 그것, 그것은 분명 찻집 주인이 그 여자아이를 위해 아주 오래전에 준비한 꽃반지였으리라. •••

꿈 이야기라고 했지만 하룻밤 것은 아닙니다. 가끔 지난밤 꿈을 적어두었는데 그것을 묶은 것이죠. 아마 인정 씨와 메일을 주고받으면서 내 의식 속에 잠재되어 있던 감성이 자극을 받은 것 같습니다. 마음에 들었으면 좋겠어요.

그럼 좋은 한 주가 되길 바랍니다.

현명

***

현명 씨

꿈 이야기 잘 읽었습니다. 한 폭의 수채화 같더군요. 황순원의 〈소나기〉, 그리고 알퐁스 도데의 〈별〉이 떠올랐어요. 소년과 소녀의 이야기가 아닌 어른의 사연도 이렇게 순수하고 잔잔한 감동을 불러일으키는구나 하고 깨달았습니다. 그리고 중년 이후라도 충분히 순수해질 수 있다는 희망을 가졌습니다.

저는 꿈이라고 해봐야 서로 연결되지 않는 조각난 이야기나 곤란에서 벗어나지 못해 쩔쩔매기나 하는 악몽 정도인데 현명 씨가 꾸는 꿈은 차원이 다른 것 같군요. 어느 대문호는 자기 글에 대해 꿈을 통해 얻은 영감(靈感)을 반영한 것이라고 했대요. 저도 그런 꿈 한번 꾸었으면 좋겠어요.

'편지찻집' 끝에 등장한 그녀가 신청한 에디트 피아프의 노래는 드라마나 영화에서 간혹 들었던 것 같아요. 노래의 전주가 흐르고 터져 나오는 듯한 여가수의 목소리를 들을 때마다 그 노랫말이 궁금했는데 해석을 붙여주어 정말 고마웠어요. 언제 기회가 있으면 그 노래를 부른 프랑스 가수 에디트 피아프에 대해 소개해주세요. 그러고 보니 '꿈'과 '에디트 피아프의 〈Non, Je ne regrette rien〉'의 연결고리가 되는 영화가 있어요. 리어나도 디캐프리오가 주연한 영화 〈인셉션〉 말예요.

••• 돔 코브(리어나도 디캐프리오 분)는 타인과 동시에 잠들어 그가 꾸는 꿈속으로 들어가 생각을 알아내는 기술을 가지고 있다. 그는 아내와 꿈속에서 생활하다가 현실로 돌아왔으나 그의 아내는 현실을 꿈으로 착각하여 자살하고 만다. 꿈속에서의 죽음은 꿈에서 깨어

나 현실로 돌아올 수 있는 방법 중 하나였으므로 그의 아내는 현실로 되돌아오기 위하여 자살을 택했던 것이다. 그는 아내의 죽음으로 인해 살인자로 몰리고 다른 나라로 피신한다. 한편 거대기업을 경영하는 사람이 그에게 기술을 제공해줄 것을 제안한다. 제안의 내용은 라이벌 기업이 회장의 아들에게 상속될 예정인데 그 아들의 꿈속으로 들어가 마음을 바꿔달라는 것이었다. 단순히 꿈속으로 들어가 타인의 마음을 알아내는 차원을 뛰어넘어 마음을 조작하여 생각을 바꾸는 작업, 인셉션. 이것은 꿈속에서 다시 꿈속으로 들어가 작업을 해야 하는 고난이도의 미션이다. 돔 코브가 그 기술을 제공하고 얻는 대가는 누명을 벗고 남겨진 어린 아들 딸과 무탈하게 지내는 것이다. 고민 끝에 제안을 수락한 그는 결국 작업에 성공하고, 상속자 아들은 대기업을 해체하려고 마음먹는다. •••

이 영화에서 에디트 피아프의 노래 첫 소절은 꿈에서 현실로 돌아올 시점을 알려주는 사인입니다. 〈타이타닉〉에서 주연을 맡았던 리어나도 디캐프리오의 명연기는 말할 것도 없고 탄탄한 스토리, 긴박한 상황전개에서 오는 박진감, 발전될 과학에 대한 작가의 상상력 등이 돋보인 수작이라고 생각합니다. 다만, 기업이 자기 이익을 위해 선진과학기술을 부당하게 활용한다는 부분 때문에 관람 뒷맛이 씁쓸했습니다.

최근 방송에서 '행복 전도사'로 불리던 카피라이터이자 작가가 자살했다는 소식을 들었습니다. 병으로 인한 고통 때문에 그랬다고 합니다. 얼마나 견디기 힘들었으면 그런 극단적인 선택을 하였을까요.

더구나 '아무리 어려운 여건에 있을지라도 긍정적인 요소를 찾으려고 노력하면 행복해질 수 있다'고 역설했던 그이기 때문에 더욱 안타깝더군요. 임종을 앞둔 분들을 위한 호스피스 활동이 보다 더 활성화되었으면 합니다.

음, 영화에서처럼, 임종을 앞둔 사람이 백년, 천년 더 살고 난 다음에야 죽음을 맞이하는 것처럼 꿈꾸게 하는 의료기기가 있으면 어떨까요? 인간이 살 수 있는 물리적 시간은 백 년도 되지 않지만, 그런 의료기기를 이용해 심리적으로 누릴 수 있는 수명을 무한히 확장시키는 것이죠. 거기에 자신의 성별, 학교, 직업, 취미, 친구 등에 이르기까지 다양한 선택이 가능한 프로그램까지 제공된다면 그 효용은 더욱 커지겠지요. 만약 그런 의료기기가 만들어진다면, 아니 만들어지기도 전에 어쩌면 찬반논쟁이 격렬할 거예요. 그렇다고 해도 그 기술이 영화에서처럼 거대기업들의 영역 다툼에 악용되는 것보다는 훨씬 더 고상하지 않을까요.

현명 씨의 서정적인 꿈을 새로운 의료기기의 발명이라는 현실적인 꿈으로 격하하지 않았나 모르겠습니다.

오늘 밤 좋은 꿈을 꾸세요.

인정

8. 에디트 피아프

인정 씨

내가 보내드린 꿈 이야기와 에디트 피아프의 노래를 영화 〈인셉션〉으로 연결 짓는 상상력에 감탄했습니다. 임종을 앞둔 사람들이 심리적으로는 더 오래 살다가 가는 것처럼 느낄 수 있게 하는 의료기기에 대한 아이디어도 좋았습니다. 만약 그런 기계가 발명된다면 나와 인정 씨는 어떤 관계로 프로그램 할지 상상해보기도 했지요. 물론 그 내용은 비밀이지만요.

인정 씨가 소개해준 영화를 찾아서 보며 영화 속 주인공의 아내가 꿈과 현실을 착각한 대목에서 '호접몽'을 떠올렸습니다. 중국 전국시대의 사상가 장자에 얽힌 이야기입니다.

장자는 어느 날 꿈을 꿉니다. 꿈속에서 그는 나비가 되어 꽃 사이를 훨훨 날아다닙니다. 그러다가 문득 깨어보니 자기는 장자가 되어 있습니다. 그는 곰곰이 생각합니다. 장자인 자기가 나비가 된 것인지, 꿈속의 나비가 장자가 된 것인지.

그리고 1985년에 개봉된 영화 〈씨프 하트〉도 떠오르더군요. 원제는 'Thief of heart', 감독은 더글러스 데이 스튜어트.

내 편지는 이제 곧 너를 향해 날아갈 거야.
하지만 나는 편지를 싣고 가는 비행기가 안전할지 걱정이야.
왜냐하면 이 편지는 내 커다란 사랑을 담고 있기 때문에 굉장히 무거울 것 같거든.
- 1949년 6월 13일 에디트 피아프의 편지 중에서
(그림 : 에디트 피아프의 초상)

어떤 여자의 집에 침입한 도둑이 금고 속에 깊숙이 보관된 그녀의 은밀한 사연이 적혀 있는 일기를 읽고 그녀에게 매력을 느낍니다. 그리고 그는 의도적으로 그녀에게 접근하여 마음과 육체를 사로잡는다는 이야기에서 영화는 시작합니다. 화투나 포커게임에서도 상대가 들고 있는 패를 알면 다 이긴 판이지요. 그렇다면 상대의 비밀스러운 마음을 알고서 상대가 좋아할 것 위주로 연출하고 관리하여 상대의 마음을 끄는 것도 가능하지 않을까요. 만약 상대가 그 사실을 알게 된다면 무척 허탈하겠지만요.

인정 씨가 부탁한 에디트 피아프에 대해서는 이렇게 정리했습니다.

••• 프랑스의 유명한 샹송 가수. 본명은 에디트 지오바나 가시옹(Edith Giovanna Gassion)인데 '작은 참새'를 의미하는 La Mome Piaf로 불리다가 최종적으로 정착된 이름이 에디트 피아프이다. 서커스 곡예사 아버지와 카페에서 노래하는 방탕한 알코올중독자 어머니 사이에 태어나 외할아버지 댁에 맡겨지기도 하는 등 불우한 어린 시절을 보냈다. 유년기 때는 4년 동안 시각 장애를 겪은 적도 있다. 거리에서 노래를 불러 생활비를 벌었는데, 18세 때 클럽의 사장에게 발탁되어 무대에 섰다. 그녀의 인생은 사랑과 노래가 전부였다고 해도 틀리지 않을 것이다. 많은 남자들과 어울리며 사랑을 하고 사랑도 받지만 진정한 연인은 두 명이라고 볼 수 있다. 첫사랑은 노래 〈고엽〉으로 유명한 이브 몽탕이었다. 이탈리아 이민자 출신인 그가 에디트를 찾아와 도움을 요청했고, 처음에는 거절했지만 다시 찾아왔을 때는 제자로 삼고 후원하면서 둘은 연인 사이로 발전하였다. 그는 자신의 노래가 히

트를 치고 인기가 오르자, 그동안 간섭을 하고 잔소리를 해온 여자에게 싫증이 나고 더 이상 견디기가 힘들었던지 그녀를 떠난다. …

에디트가 이브 몽탕과 사랑했던 시기에 부른 노래가 바로 〈장밋빛 인생〉이랍니다. 이 노래는 마치 첫사랑에 눈뜬 젊은 여자가 기쁨과 환희의 마음을 담아 연인에게 보내는 연애편지 같은 느낌이 드네요.

Des yeux qui font baisser les miens
Un rire qui se perd sur sa bouche
Voilà le portrait sans retouche de l'homme auquel j'appartiens.
Quand il me prend dans ses bras, il me parle tout bas
Je vois la vie en rose
Il me dit des mots d'amour des mots de tous les jours
Et ça m'fait quelque chose
Il est entré dans mon coeur
Une part de bonheur et j'en connais la cause

내 시선을 떨어뜨리게 하는 눈
입가에서 사라지던 웃음
내가 소유한 한 남자의 고치지 않은 초상화가 저기 있네요.
그가 나를 껴안았을 때 아주 낮게 말했어요
장밋빛 인생이 보인다고

그는 내게 매일 사랑의 말들을 해 주고
나는 어떤 감정에 사로잡혔지요
그는 내 마음속에 들어와 내가 아는 행복의 한 부분이 되었어요

한편, 그녀의 노래 〈사랑의 찬가〉에는 영원한 사랑이자 마지막 사랑인 마르셀 세르당과의 애틋한 사연이 담겨 있지요. 이 노래의 가사에는 그녀가 떠나보낸 사람에 대한 그리움을 다음 세상에서도 이어갈 것을 기원하는 애절한 마음이 꼭꼭 접혀 있는 것 같아요.

Si un jour la vie t'arrache à moi
Si tu meurs, que tu sois loin de moi
Peu m'importe, si tu m'aimes
Car moi je mourrai aussi
Nous aurons pour nous l'éternité

Dans le bleu de toute l'immensité.
Dans le ciel, plus de problèmes
Mon amour,
crois-tu qu'on s'aime?
Dieu réunit ceux qui s'aiment!

언젠가 인생이 우리를 갈라놓아도

당신이 저 세상으로 가 버릴지라도
당신이 날 사랑한다면
난 아무렇지 않아.
나도 곧 당신을 따라 영원을 얻을 테니까

끝없이 펼쳐진 저 파란 하늘 아래
아무런 장애가 없는 천상에서
내 사랑!
우리의 사랑을 그대는 믿나요?
신은 사랑하는 연인들을 다시 만나게 해요

어때요? 이선희의 노래 〈인연〉을 서양식으로 번안하여 압축해 놓은 것 같지 않아요!

에디트 피아프의 일대기를 담은 영화로 2007년 개봉한 〈라비앙 로즈〉, 그녀 역을 맡은 배우 마리옹 코티아르는 이 영화로 아카데미 여우주연상을 수상했지요. 인정 씨가 소개해준 영화 〈인셉션〉에서 이 배우는 리어나도 디캐프리오의 부인 역을 맡았습니다.

마지막으로 에디트 피아프의 노래를 듣고 느낀 점에 대한 소개를 끝으로 그녀에 대한 추억의 여정을 마무리할까 해요.

'첫 곡을 들으면 감탄사가 나오고,
두 번째 곡을 들으면 알 수 없는 비애에 잠기고,
세 번째 곡을 들으면 눈물을 떨어뜨린다.'

오늘 밤은 늦게 마신 커피와 에디트 피아프에 대한 긴 여행의 여독으로 쉽게 잠자리에 들지 못할 것 같군요. 그래도 나는 행복합니다.

현명

9. 이별의 의미

현명 씨

에디트 피아프의 열정적인 사랑, 가슴 아픈 이별, 그리고 짧은 인생, 하지만 긴 여운…….

살다 보면 이별의 아픔을 한두 번쯤 경험하지 않겠어요? 저도 그런 경험이 있습니다.

지난여름에 미국에서 공부하고 있는 아들 녀석이 방학이라고 다니러 왔다가 보름간의 짧은 일정을 마치고 다시 미국으로 돌아갔어요. 출국 당일 인천공항에서 출국장 안으로 멀어져가는 아들의 뒷모습을 보면서 아리는 마음을 달래기가 왜 그리 힘들었는지! 가끔 전화를 주고받으며 마음만 먹으면 오갈 수 있는데도 이렇게 가슴이 아프고 마음에 걸리는 것을 보면 이별의 속성이 원래 그런가 봐요.

남편이 안식년을 맞아 미국 대학에 머무른 적이 있어요. 하필 그 시기에 시아버지가 돌아가셨지요. 위독하다는 연락을 받자마자 귀국을 서둘렀으나 비행기 안에 있던 시각에 돌아가셔서 임종을 지키지 못했어요. 시어머니와 남편은 당시에 임종을 지키지 못한 데 대해 지금도 안타까워합니다.

어렸을 때에야 임종이 뭔지 알았나요? 나이 들면서 그 의미를 조금씩 알게 되는 거죠. 망자는 영원히 보지 못하게 될 혈육을 마지막 순간이나마 직접 보고 기억과 마음속에 담아가고 싶을 거예요. 망자를 떠나보낸 미망인은 장례절차를 거치면서 떠나보내는 일을 인식하고 언제든지 기억을 더듬어 만나 볼 수 있겠죠. 하지만 망자는 그렇게 하지 못할 것 같은 생각이 들어 임종의 의미가 더욱 무겁게 느껴지네요.

저의 경험만으로 일반화하기는 어렵겠지만 이별이란 그런 게 아닐까요. 수많은 이별이 있지만, 저는 그 의미를 '관계의 단절'이라고 생각해요. 무관한 사람과 헤어질 때에는 충격이 거의 없는 것도 단절될 관계가 없기 때문이죠. 하지만 크든 작든 관계를 맺고 알고 지낸 사람과 이별하는 일에는 항상 충격을 받습니다. 그동안 함께했던 모든 것이 그때부터 단절된다는 데 대한 충격이지요. 더욱이 죽음은 관계의 영원한 단절이기 때문에 충격이 형언할 수 없을 만큼 클 거예요. 그런 충격도 세월이 흐르면서 망각의 늪 속으로 서서히 녹아들겠지만, 그때까지는 만만치 않은 고통을 겪겠죠.

저는 운명적인 이별은 담담하게 받아들이겠지만, 소중한 사람과의 인위적인 이별은 견디기 힘들 것 같아요.

너무 깊이 생각하지 마시고 편히 주무세요.

인정

***

인정 씨

이별의 의미에 대한 깊은 성찰, 특히 '관계의 단절'이라는 정의는 지난날 내가 겪었던 이별에 대해 다시 한 번 생각하게 합니다.

먼저, 초등학교 시절에 겪었던 이별.

••• 초등학교 3학년. 시골 학교에 예쁘장한 여자아이가 도회지에서 전학을 왔습니다. 그 아이의 아버지가 이 마을 중학교 선생님으로 발령이 나서 가족이 함께 이사를 왔던 것이죠. 담임선생님은 그 아이를 제 옆에 앉게 했습니다. "네가 반장이니까 새로 전학 온 친구를 잘 돌봐주렴." 흰 재킷과 붉은 치마에 하얀 스타킹을 신은 그 아이가 내 옆 자리에 와서 앉을 때는 내색하지 못했지만 정말 기뻤습니다. 원색 점퍼에 무릎이 나온 바지를 입은 다른 여자아이들과 전혀 다르게 보이는 그 아이 옆에 내가 있다는 게 어깨를 으쓱거릴 일 같았거든요. 하지만 어릴 때 마음 표현이 서툰 건 그때 애들이나 지금 애들이나 마찬가지인가 봅니다. 고작 표현한다는 것이 결상 밀치기나 고무줄 끊기나 이름 놀리기 같은 거였으니까요. 저도 다르지 않았습니다. 그 아이와 함께 앉게 된 다음 날, 저는 칼을 꺼내 책상에 휴전선을 그었습니다. "넘어오면 뭐든 내 것이니까 조심해!" 그 아이는 눈을 동그랗게 뜨고 나를 쳐다보았습니다. 그 여자아이는 몇 달 안 있어 도회지로 되돌아갔습니다. 무슨 까닭이었는지는 기억나지 않습니다. 그리고 그 후로 그 아이의 소식을 듣지 못했습니다. 'TV는 사랑을 싣고'라는 프로그램을 볼 때면 그 아이가 생각나더군요. 좀 잘해줄 걸 왜 그랬을까요? •••

대학 2학년 때 첫 경험 상대였던 여인과 헤어졌던 일도 생각해보면 마음 아프기는 마찬가지입니다. 고시 공부를 위해 그 하숙집을 떠나야 했습니다. 그녀는 "공부 열심히 해서 꼭 뜻을 이루세요"라고 말하고는 얼른 대문 안으로 들어가버렸습니다. 그러고는 군대니, 힘들었던 대기업 신입사원생활이니 주변을 살필 겨를도 없이 몇 년이 훌쩍 가버렸지요. 나중에 그 하숙집을 찾아갔더니 그녀는 이미 이사하고 없더군요. 마음이 아팠습니다. 아마 그때가 시골 부모님이 결혼을 재촉하던 시기였던 것 같습니다.

기러기 아빠라는 지금 상황은 진행 중인 이별이라는 또 다른 고통이 따릅니다.

••• 부모님의 성화에 맞선을 보았고 한 여성과 결혼을 했습니다. 결혼이 늦어 딸아이가 이제 중학생이에요. 2년 전 유럽지사로 발령났을 때, 딸아이의 교육문제로 아내와 심하게 다투었습니다. 나는 "파리에는 외국인학교도 있고 불어도 배울 수 있고 유럽의 중심이니 주변 국가들을 둘러보기도 쉬울 뿐만 아니라 거긴 문화와 예술의 도시니 딸아이에게 딱 좋은 곳 아니냐"고 주장했습니다. 하지만 아내는 "그렇게 보면 프랑스 생활은 딸아이의 장래에 별 도움이 되지 않을 거다. 한국에 있든지 외국으로 가야 한다면 차라리 미국으로 가겠다. 그 애에게는 영어가 필요하다"고 응수하더군요. "정 그렇다면 딸아이와 함께 파리와 가까운 영국으로 가면 어떻겠느냐"고 양보했지만, 아내는 "유럽은 저물어가는 곳이고 미국이야말로 세계무대다. 아이의 장래를 위해 미국으로 가겠다. 특히 그 애가 사회활동을 하게 될 때에는

네트워크가 매우 중요할 것인데, 미국을 중심으로 네트워크를 형성해야 한다. 대부분 미국에서 공부했던 사람들이 우리나라의 학계나 경제계, 심지어 문화예술계까지 주도하고 있다"고 따지듯이 대들며 고집을 꺾지 않았습니다. 나는 결국 두 손을 들고 말았죠. 신접살림을 꾸릴 때부터 내가 가져다주는 월급보다 친정에서 가져다 쓰는 돈이 더 많았으니 고개를 숙일 수밖에요.

이제는 퇴근해서 집에 돌아오면 전등을 켜고 가장 먼저 하는 일이 거실에 둔 난방기를 트는 일입니다. 썰렁한 집을 온기로 채우려면 얼마나 시간이 들어야 하는지. 저녁이라도 한 끼 먹을라치면 반찬을 찾고 밥을 푸는 등 너무 익숙하게 움직이는 손이 내 것이 아닌 듯해 보입니다. 눈에 넣어도 아프지 않을 딸아이의 모습과 그 애교스러운 표정. 가끔 '아빠 힘들지'라고 말하며 어깨를 주물러주던 고사리 같은 손길……, 그리워서 눈시울이 뜨거워질 때도 있지요. 전화 통화를 하지만 매일 마주 보며 살 때와 어찌 견줄 수 있겠어요! 가족 사이의 이별은 마음을 너무 아리게 합니다. •••

여기까지 쓰고 나니까 너무 우울하네요. 괜히 인정 씨까지 감염되지나 않았는지 모르겠습니다.

10. 클로드 모네

인정 씨에게

프랑스의 미술관과 박물관은 매월 첫째 주 일요일엔 대부분 무료 개방을 합니다. 일요일 오전 10시쯤 루브르 박물관에 갔다가 서너 시간 줄을 서야 했던 적도 있습니다. 공짜는 동서고금을 막론하고 누구나 좋아하나 봅니다. 저는 2년 동안 매월 첫째 주 일요일을 요긴하게 활용하였더니 어느덧 파리 시내의 대규모 미술관과 박물관을 거의 다 둘러본 셈이 되었어요.

그래서 지난 일요일에는 마르모탕 모네 미술관으로 향했습니다. 비가 왔지만 대기행렬이 꽤 길었습니다. 대규모 전시관이 아니어도 일요일에는 무료라서 이러나 싶었습니다. 한 40분 정도 기다려서 겨우 입구에 도착했습니다. 그런데 유료였습니다. 그곳을 찾는 사람들이 얼마나 많은지 짐작하시겠지요?

마르모탕 모네 미술관은 과거 귀족의 사냥을 위한 별장이었는데 19세기 말 마르모탕 가문이 인수해 저택이자 소장품 보관소로 활용했다고 합니다. 폴 마르모탕은 죽으면서 그림을 비롯한 소장품들과 저택을 프랑스예술학회에 기증했고, 1970년대 모네의 작품을 대폭 기증받으면서 유명세를 얻게 되었답니다. 파리에 있는 주OECD한국대표부와 OECD본부 사이에 위치한 3층짜리 저택이 그토록 유명하게 된 것도 모네의 그림 덕택이라고 해요.

미술관에는 〈인상 · 해돋이〉, 〈수련〉, 〈작은 배〉 등 모네의 대표작은 물론 르누아르, 고갱, 모리조 등의 작품들도 전시되어 있었습니다.

••• 클로드 모네(Claude Monet, 1840~1926)는 파리에서 태어났으며 다섯 살 때 이사를 하여 대서양 연안의 항구도시 르 아브르에서 소년 시절을 보냈다. 그때 부댕의 문하생이 되어 정식 미술교육을 접하면서 야외에서 그림을 그리고 빛의 의미를 깨닫게 된다. 1859년 파리로 나가 피사로 · 시슬레 · 르누아르 · 바지유와 사귀게 된다. 특히 〈풀밭 위의 점심〉으로 유명한 마네의 밝은 화풍에 끌려 야외 광선을 묘사하는 데 주력하였다. 그는 1865년 〈옹플뢰르의 센 강 하구〉라는 작품으로 살롱에 첫 입선을 했다. 1871년, 프로이센-프랑스 전쟁 중에는 런던으로 건너가, 그곳에서 터너의 작품에 영향을 받아 더욱 밝은 색조에 대한 연구를 한다. 귀국 후, 1874년 그의 동료 화가들과 함께 파리 카퓌신거리의 사진관에서 제1회 인상파 전람회를 개최하였다. 정부에서 주최하는 살롱을 거부하는 젊은 화가들이 연 최초의 그룹전이었다. 그러나 출품된 작품이 물체 본래의 색깔을 쓰지 않고, 신선하고 밝은 색채로만 그려진 데 대해 적지 않은 비난과 공격이 쏟아졌다. 모네의 〈인상 · 해돋이〉는 '인상이라고? 어딘지 방자하고 미적지근하다. 미숙한 벽지보다도 못하다'라는 조롱 섞인 비난을 받았다. '인상파'라는 말은 그때 모네의 작품을 야유한 데서 나온 말이라고 한다. ••

푸른색이나 핑크색을 싫어하는 사람들은 비웃을지 모르지만
풍경 자체가 정확하게 이런 화사함과 신비스러운 햇살로 이뤄져 있으므로
그대로 그리려고 합니다. 모든 풍경이 비둘기가슴색이나 선명한 펀치색입니다.
-1884년 3월 11일, 뒤랑 뤼엘에게 보낸 모네의 편지에서
(그림 : 마르모탕 모네 미술관)

모네가 말년을 보낸 지베르니를 방문한 적이 있습니다. 그가 1890년 두 아들과 함께 이사를 하여 정착한 엡트 강변의 작은 마을이지요. 그곳에서 집과 정원, 그리고 늪지대를 사들이고 지류의 물줄기를 돌려 수련 연못을 만들었다고 합니다.

지베르니는 파리에서 서쪽으로 80킬로미터 정도 떨어져 있는데 운전하기에 편한 코스였습니다. 고속도로는 잘 관리되어 있었으며 도로 주변으로 보이는 탁 트인 평원은 해방감을 선사해주더군요. 한반도 면적의 2.5배, 그것도 유럽의 중앙에 광활한 평야를 가진 프랑스가 은근히 부러웠습니다. 국도로 접어들면 마치 우리나라의 경춘가도를 달리는 것처럼 철로와 강변을 따라가게 되지요.

마침 계절의 여왕 5월에 방문해서 그런지 지베르니는 나를 편안하고 포근하게 품어주었습니다. 나무 그늘 아래 단정하게 꾸며놓은 주차장에서 모네의 정원까지 길가에는 야생화가 심겨 있어 이곳을 찾는 손님을 위해 도열한 것 같았습니다. 하지만 시골의 조그마한 마을에 조성된 그의 집과 정원으로 들어가기 위해서는 또다시 줄을 서야 했지요. 모네의 인기가 여전한 것을 실감할 수 있었습니다.

모네가 사용했던 아틀리에와 침실을 지나니 정원에는 꽃밭은 물론 연못이 조성되어 있었습니다. 그 규모가 얼마나 크던지 마치 개구멍을 통해 들어갔더니 넓은 운동장이 나타난 것 같았어요. 연못 주위에는 수양버들, 붓꽃, 대나무가 양산을 펼쳐든 것처럼 그늘을 만들어주고, 연못 안에는 커다란 수련 잎과 꽃이 벌어져 있었지요. 연못 주변으로 자연스럽게 조성된 길을 따라 안쪽으로 걸어갔더니 일본식 다리가 보였습니다. '모네가 여기서 30년 동안 명상을 하고 말년에 눈이 보이지 않자 백내장 수술까지 하면서 열정적으로 수련을 그렸구나!'

이 모든 일로 저는 선생에게 더 큰 빚을 지게 되었습니다.
일단 작업을 시작하면 대작을 그릴 수 있을 것입니다.
여기 시골이 제 맘에 꼭 들기 때문입니다.
-뒤랑 뤼엘에게 보낸 모네의 편지에서
(그림 : '수련'의 무대가 된 지베르니의 모네 집 연못)

하고 감탄했습니다. '귀가 들리지 않았던 작곡가 베토벤, 눈이 보이지 않았던 화가 모네, 그들이 영감으로 창조했던 예술의 세계와 작품 앞에서 마음이 숙연해지지 않을 사람이 과연 몇이나 될까!' 하는 감상에 젖기도 했네요.

모네는 제1차세계대전을 승리로 이끄는 데 크게 기여했던 수상 조르주 클레망소의 권유로 그가 아끼던 수련 그림들을 국가에 기증했다고 합니다. 현재 그 작품들은 '오렌지를 재배하는 온실'이라는 뜻의 오랑주리 미술관에 벽화 연작으로 남아 있지요. 두 사람이 만나서 친해지게 된 데 대해 '예술을 사랑하는 정치가와 조국을 사랑하는 예술가의 만남'이라고 표현하는 사람도 있고, 오랑주리 미술관의 2개의 타원형 방을 '인상주의의 시스티나 예배당'으로 묘사하는 사람도 있어요.

오랑주리 미술관에는 폴 기욤의 부인이 죽으면서 기증한 피카소, 모딜리아니, 세잔, 마티스 등의 그림도 전시되어 있지요. 특히 〈미라보 다리〉를 쓴 기욤 아폴리네르의 연인이었던 마리 로랑생이 가볍고 섬세한 컬러를 사용하여 그린 샤넬의 초상화도 전시되어 있습니다.

모네의 삶을 정리하다 보니 어느덧 해가 졌네요. 이곳 파리의 겨울 해는 너무 짧습니다. 오후 4시 30분경이면 주위가 어두워지거든요. 파리의 여성들이 겨울이면 비타민 D를 따로 복용한다는 말도 일리가 있습니다. 추운 겨울 건강 유의하시길 바라며 이만 줄입니다.

현명 드림

ps. 한때 모네와 마네를 혼동한 적이 있어요. 그의 이름 모네를 몇 번이고 되뇌니 이번에는 어느새 '네모'라고 웅얼거리게 됩니다.

* * *

현명 씨

덕분에 클로드 모네에 대해 잘 알게 되었어요. 저는 모네의 작품 중에서 〈양산을 든 여인〉을 좋아해요. 바람에 여인의 머플러가 날리고 주위의 풀들도 누워 있어 그림을 보고 있으면 거기에서 부는 바람이 느껴집니다. 도록에서 보고도 그렇게 실감이 나는데 진본을 본다면 얼마나 큰 감동을 받을까요. 짧은 유럽 여행 중에 마르모탕 미술관이나 지베르니는 방문할 엄두도 내지 못했던 것이 정말 아쉽습니다. 하지만 현명 씨가 이렇게 직접 보고 이야기해주니 함께 가 있는 것처럼 감동의 파노라마를 느낍니다. 언제 꼭 한번 가보아야겠다고 다짐도 하고요.

마음을 유혹하고 발길을 잡아끄는 장소와 작품들이 모두 기증을 통해 일반에게 공개되고 있다는 사실에 '너무 부럽다'라는 말밖에 나오지 않아요. 인간은 언젠가 죽고, 생전 축적했던 재산은 자식에게 흘러가기 마련이지만 그것은 불과 몇 대를 지나지 않아 사라지고 맙니다. 예술은 누구의 손에 있든지 그 빛이 흘러나와 여러 사람의 눈과 귀와 입으로 전해지는 게 여느 재산과 같지 않지요.

일본식 다리가 놓인 모네의 연못 사진을 구했습니다. 싱크대 근처에 붙여두렵니다. 가끔 거기에 앉아 있는 상상도 큰 즐거움일 테지요.

인정 드림

11. 에펠탑과 남산타워

인정 씨, 당신도 파리를 와본 적이 있으니 에펠탑을 보았겠지요.

오늘은 에펠탑에 대해 이야기합니다. 나는 이곳 파리에 오자마자 그 유명한 에펠탑부터 올라가보고 싶었어요. 하지만 동료들이 '앞으로 우리나라에서 손님들이 올 때마다 에펠탑을 안내할 기회가 많을 것'이라고 하더군요. 그렇게 조급하게 굴지 않아도 된다는 말이었지요. 아니나 다를까 얼마 안 되어 파리를 방문한 지인 가족과 함께 에펠탑에 오르게 되었습니다.

그날은 휴일이라선지 길게 늘어선 줄을 따라 한참을 기다린 뒤에야 에펠탑에 오르는 엘리베이터를 탈 수 있었습니다. 먼저 3층까지 올라가서 잠시 파리 시내의 전망을 살펴본 다음 환승하여 꼭대기 층까지 올라갔지요. 노트르담 대성당, 개선문, 콩코드 광장, 몽마르트 언덕과 사크레 쾨르 사원, 팡테옹, 앵발리드, 몽파르나스 타워까지 다 보였습니다.

지인의 아들은 에펠탑에 대해 공부를 많이 해왔는지 안내하는 동안 여러 정보를 알려주었습니다. 1889년 파리 만국박람회에 맞추어 건설되었다, 높이는 320미터나 된다, 에펠탑은 수많은 부품으로 조립되었

하늘의 기타 / 무선전신은 / 단어를 긁어모은다 /
마치 장미꽃 정원이 벌들을 유혹하듯이
-뱅상트 위도브로의 〈에펠탑〉
(그림 : 파리의 상징 에펠탑)

다, 약 6,400톤에 이르는 1만 8,038개의 금속 부품과 250만 개의 못이 사용되었다, 게다가 250만 개의 못 구멍 중 하나라도 어긋나면 제대로 연결하기가 불가능해서 못 구멍의 위치는 5,000개의 서로 다른 도면에 표시되었다 등등. 그 녀석 덕분에 나는 안내하러 갔다가 오히려 안내를 받는 셈이 되었답니다. 그래서 앞으로 내가 직접 설명해야 할 때를 대비하여 안내책자와 인터넷을 통해 에펠탑에 대한 자세한 정보를 얻기로 했지요.

에펠탑에 대한 자료를 정리하면서, 존치할 것인가 아니면 철거할 것인가의 싸움에서 에펠탑이 승리하게 된 비결이 무엇일지를 생각해 보았어요. 이런 이유가 떠오르더군요. 먼저, 파리의 이방인인 나로서는 시외로 장거리 여행을 한 후 파리로 돌아올 때, 비록 내비게이션이 목적지까지 남은 거리와 시간을 알려주었음에도 불구하고 에펠탑이 시야에 들어와야 안심이 되곤 했지요. 또한 방사형으로 이루어져 자칫 길을 잘못 들기 십상인 파리 시내에서는 에펠탑이 방향을 잡는데 큰 도움이 되었고요. 그리고 대부분이 평지인 파리에서 에펠탑에 오르면 이 도시가 한눈에 들어왔습니다. 서울 한복판이라면 에펠탑은 아마 남산, 북한산, 관악산은 물론 즐비하게 들어선 고층빌딩에 가려 그 빛이 바랬을 겁니다.

결국 에펠탑은 일반인들에게 적지 않은 도움이 되고 있을 뿐만이 아니라 안테나와 송신 기능도 하여서 그 유용성이 기대 이상이더군요. 그래서 유서 깊은 파리의 미관을 보존하기 위해 철거해야 한다는 집요한 압력을 이겨낼 수 있었다고 생각합니다.

에펠탑이 떳떳할 수 있는 비결에 대해 생각하면서 나도 주위의 많은 분들에게 도움을 줄 수 있는 사람이 되었으면 하는 바람을 가져봅니다. 당연히 인정 씨에게도 도움을 드릴 수 있으면 좋겠어요.

밤이 깊어지자 에펠탑의 조명도 잠자리에 드나 봐요. 그럼 이만 줄일게요.

현명

***

현명 씨

에펠탑 이야기를 하니까 짧았던 그때 여행이 다시 되살아납니다. 최근에는 큰맘 먹고 남산타워를 다녀오기도 해서 더욱 그렇습니다.

남산타워 구경은 거의 20년 만이었어요. 케이블카를 타고 올라가면서 보이는 서울의 야경은 색달랐습니다. 타워에 도착하니 전구를 이용해 꾸민 이색적인 조형물이 눈에 들어오고, 벽돌로 된 옛날의 남산 봉수대도 보였어요.

다음으로 발길이 닿은 곳은 연인들이 서로의 사랑을 맹세한 수많은 자물쇠들이 채워진 곳이었어요. 굳게 입을 다문 자물쇠들은 마치 주인님의 소망을 들어주는 알라딘의 요술램프처럼 조명에 반사되어 반짝반짝 빛나고 있었지요. 저마다 깊은 사연을 간직한 채 옹기종기 매달려 있는 자물쇠들을 보자 옛 일이 떠올랐습니다.

··· 대학 1학년 때의 일이다. 한 학우의 주선으로 단체 소개팅을 하였다. 마치 남북적십자회담처럼 한쪽에는 남학생들이, 맞은편에는 여학생들이 줄줄이 앉았다. 그리고 미팅을 주선한 학생이 일어나 간

단한 인사말과 함께 파트너를 정하는 방법에 대해 설명을 하였다. 먼저 남학생 쪽에서 소지품을 내놓으면 여학생이 그중 맘에 드는 것을 골라 그 물건의 주인과 짝이 되는 식이었다. 자리한 남학생들이 책가방을 열거나 호주머니를 뒤지거나 수선을 피우더니 물건들을 거두었고 그것을 거둔 학생이 탁자에 일렬로 늘어놓았다. 볼펜, 라이터, 자동차 열쇠, 수첩 등등. 나는 그것들을 보면서 물건의 무게를 쟀던 것 같다. 자동차 열쇠는 정도가 지나치고 볼펜은 너무 가볍지 않을까. 독특하게도 열쇠 말고 자물쇠도 나와 있었다. 네 자릿수 비밀번호를 맞추어 여는 거였다. 저걸 어디에 쓰기에 이런 자리까지 가지고 왔을까. 다른 여학생들이 하나씩 집어가는 동안 내가 점찍은 자물쇠를 누가 가져가버릴까 봐 조금 불안했다. 결국 그 자물쇠를 집은 사람은 나였고, 자물쇠를 내놓은 남학생은 '맘에 든 여학생과 인연을 맺게 되면 두 사람 사이의 인연을 누가 훔쳐가지 못하게 자물쇠로 꼭 채우고 소중히 간직하자'는 뜻에서 자물쇠를 가지고 다닌다고 말했다. 자물쇠의 비밀번호에 대해서는 '우리 둘 사이에 자물쇠로 채워 둘 만한 소중한 사연이 생기면 다시 물어보라'고 덧붙였다.

그렇게 해서 사회과학도 남학생과의 인연이 시작되었다. 동화책이나 TV가 없어서 아이들 거의가 공놀이를 하거나 학교 운동장에서 철봉운동을 하였다는 낙도 출신인 그는 햇볕에 그을린 얼굴에 촌스러운 옷차림이었지만 표정이 밝고 대화에서는 유머감각이 풍겼다. 고등학생을 상대로 과외를 하고 있는데, 중학교 때 새로 부임한 수학 선생님이 3개월 만에 군에 입대해서 수학 시간이면 체육활동을 하였던 관계로 중학생 수학 과외 건이 들어오면 거절한다고 했다.

첫 만남이 있고 두 달 동안 우리 대화에서 자주 등장한 주제는 김동리, 김동인, 이청준 같은 소설가들이었다. 나중에 알게 된 사실인데, 그는 나를 만나면서부터 틈만 나면 대학도서관의 자유열람실로 가서 그 작가들의 책을 열심히 읽었다고 한다. 국문학을 전공하는 여학생과 교제하려면 그 작가들의 책 정도는 알고 있어야 하지 않나 하는 조바심이 들었다나. "나를 배려하기 위해 없는 시간까지 쪼개가며 그 책들을 굳이 읽어야 할 필요는 없어요." 나는 그렇게 말해주었고 그는 두 달 만에 드러난 벼락치기의 전말이 밝혀져 부끄럽다는 듯이 빙그레 웃었다.

그날 그는 나에게 자물쇠의 비밀번호를 가르쳐주었다. 그리고 내 마음에는 그 이외에는 열지 못하는 마음상자 하나가 놓이게 되었다. 그 후 국문학에서 시작된 우리의 정신적 교류는 세계문학으로까지 확대되었다. 서울 시내에 있는 카페에서의 만남은 경춘선의 정차역인 강촌에서의 만남으로 이어졌고 함께 마시던 커피는 어느 순간에 소주로 바뀌었다. …

첫사랑은 실패한다는 말, 그건 맞는 것 같아요. 전에 현명 씨가 첫사랑이 결혼적령기까지 이어지려면 그동안 시간이 너무 많이 필요해서 첫사랑이 결혼으로 이어질 가능성이 낮다고 했죠. 저도 그 말에 공감합니다. 그리고 한 가지 더 추가합니다. 첫사랑의 시기에는 서로 사랑하는 마음을 유연하게 표현하지 못하여 생기는 아주 조그마한 틈이 걷잡을 수 없게 되어 결국 결별에 이르게 된다고요. 마치 현명 씨가 초등학교 시절에 전학 온 여학생에게 속마음과는 달리 대하여서 상대가 현명 씨의 속마음을 알지 못했던 것이나 다를 바 없죠.

그와 교제한 기간은 꽤 길었지만 우리는 손도 한 번 잡아보지 못하고 그저 마주 보며 이야기를 나누는 게 전부였습니다. 헤어지고 나서 알게 되었지만, 그는 제가 너무 소중하고 우리의 만남이 너무 순수해서 손을 잡고 싶고 어깨를 안고 싶은 마음이 들 때마다 스스로 자제해야 했답니다. 만약 자기가 만지기라도 하면 그것들이 흐려지거나 사라져버릴까 봐서요. 가수 구창모가 부른 〈희나리〉의 노랫말 중에서 "나의 잘못이라면 그대를 위한 내 마음의 전부를 준 것뿐인데"라는 구절이 왜 그리 마음에 와닿던지요.

하늘과 미래를 향하여, 그리고 찾아오는 사람들의 희망을 품고서 우뚝 솟아 있는 서울타워 이야기를 하다가 어느 결에 실연으로 빠져버렸네요.

추운 날씨에 감기조심하세요. 그럼 이만.

인정

12. 에밀 졸라와의 만남

에밀 졸라와 여러 번 만났다고 하면 인정 씨는 무슨 생각을 할까요? 이 사람, 에밀 졸라 책을 좋아하나 보다. 어떤 작품에 그렇게 끌렸을까 하고 궁금해할까요?

그럼 에밀 졸라와의 인연을 소개할게요.

에밀 졸라와의 첫 만남은 중학교 시절 국어 시간에 이루어졌습니다. 점심시간이 막 지나 있던 수업인지라 산만하기 그지없던 수업 중에 선생님이 수수께끼를 하나 내었습니다.

Q. 일본에서 가장 늘씬한 사람은? A. 비사이로 막가

Q. 일본에서 제일 무서운 사람은? A. 도끼로 이마까

그러면 프랑스에서 제일 후레자식은 누굴까? 선생님이 웃으며 가르쳐준 답은 에밀 졸라. 어머니의 목을 조르는 놈이니 천하의 후레자식이지 뭐냐.

그는 그렇게 농담 속에서 나타났습니다. 그리고 두 번째 만남은 고등학교 때 세계사 시간에 이루어졌습니다. 드레퓌스 사건 당시 에밀 졸라가 대통령에게 보낸 공개장 〈나는 고발한다〉를 통해서였습니다.

••• 1894년 프랑스 육군의 포병대위 알프레드 드레퓌스가 독일 대사관에 군사정보를 팔았다는 혐의로 체포되어 비공개 군법회의에 의해 종신유형의 판결을 받는다. 파리의 독일대사관에서 몰래 빼내온 정보 서류의 필적이 드레퓌스의 필적과 비슷하다는 것 이외에는 별다른 증거가 없었으나 그가 유대인이라는 점이 혐의를 짙게 하였던 것이다. 그 후 군부에서는 진범이 드레퓌스가 아닌 다른 사람이라는 확증을 얻었는데도 진상 발표를 거부하고 사건을 은폐하려 하였다. 1897년 군부는 형식적인 신문과 재판을 거쳐 진범을 무죄 석방하였다.

그러나 재판결과가 발표된 직후 에밀 졸라가 공개한 '나는 고발한다'라는 제목의 논설로 사건은 재연되었다. 졸라는 드레퓌스에게 유죄판결을 내린 군부의 의혹을 신랄하게 공박하는 논설을 대통령에게 보내는 공개장 형식으로 〈로로르〉지에 발표하였다. 이를 계기로 프랑스 전체는 드레퓌스파(재심파)와 반드레퓌스파로 분열되었는데, 전자는 자유주의적 지식인을 비롯하여 사회당 또는 급진당이 가담하였고, 후자는 국수주의파와 교회, 군부가 결집하였다. 이미 이 사건은 한 개인의 석방문제라는 차원을 넘어 정치적 쟁점으로 확대되었던 것이다.

1899년 재심 군법회의가 열리고 드레퓌스는 재차 유죄를 선고받았으나, 대통령의 특사로 석방되었다. 무죄 확인을 위한 법정 투쟁을 계속한 끝에 그는 1906년 최고재판소로부터 무죄 판결을 받고 복직 후 승진도 하였다. 자유주의적 재심파의 승리로 끝난 이 사건은 프랑스 공화정의 기반을 다지고, 좌파 세력의 결속을 촉진하는 계기가 되었다 •••

제 의무는 말을 하는 겁니다. 저는 역사의 공범자가 되고 싶지 않습니다.
만일 제가 공범자가 된다면, 앞으로 제가 보낼 밤들은 유령이 가득한 밤이 될 겁니다.
가장 잔혹한 고문으로 저지르지도 않은 죄를 속죄하고 있는
저 무고한 사람의 유령이 가득한 밤 말이지요.
- 1898년 1월 13일, 〈로로르〉에 실린 졸라의 글에서
(그림 : 몽마르트르 묘지에 자리한 에밀 졸라의 묘)

그와의 세 번째 만남은 고흐의 작품 감상에서 비롯되었습니다. 고흐의 작품 〈감자 먹는 사람들〉을 보셨나요? 이 작품은 노동자들의 힘든 삶을 다룬 에밀 졸라의 〈제르미날〉을 읽고 그린 작품 중 하나라고 해요. 진실하고 정직한 농부들의 모습과 노동을 어떠한 과장이나 기교 없이 있는 그대로 그려 화가 자신도 대단한 만족을 했고, 그전에도 수없이 그렸건만 이것이 나의 첫 작품이라고 할 정도였다지요. 그들의 식탁은 보잘것없지만 따스해 보이고 천장에 달린 전등의 것이라고 하기에는 너무 밝은 빛이 흐릅니다. 진실과 정직이 그들에게 있기 때문입니다.

네 번째로 에밀 졸라를 만난 것은 세잔을 통해서였습니다. 에밀 졸라와 세잔은 남프랑스의 엑상프로방스에서 같은 중학교에 다녔으며 파리에서도 함께 지낸 친구 사이였다고 합니다.

다섯 번째 만남은 박찬욱 감독의 영화 〈박쥐〉를 통해서입니다. 이 영화는 에밀 졸라의 〈테레즈 라캥〉에서 모티프를 얻었다지요. 〈테레즈 라캥〉은 치정과 살인이라는 소재의 선정성으로 인해 출간 당시 논란을 일으켰답니다. 고모의 아들과 결혼한 자유분방한 여인 테레즈와 그녀와 불륜에 빠진 남편의 친구 로랑이 병약한 남편을 살해하고 파국으로 치닫는 내용이지요. 〈박쥐〉의 엔딩크레디트에 이 소설이 원작으로 표기됩니다. 박찬욱 감독은 10여 년 전 그 소설을 읽고 영감을 받았기에 에밀 졸라에 대한 감사와 존경의 마음을 전하기 위해 그랬다고 해요.

여섯 번째 만남은 파리에 와서 이루어졌습니다. 여기에는 '에밀 졸라'라는 길이 있습니다. 미라보 다리 남단의 자벨 앙드레 시트로엥 전철역에서 시작된 에버뉴 에밀 졸라는 파리의 도로 중 비교적 넓은 편에 속합니다. 그 도로 인근에는 한국 식품점이 두 개나 있어 우리나라 교민들이 자주 이용하는 편이기도 하지요.

메당이라는 곳에는 에밀 졸라 기념관이 자리 잡고 있습니다. 고성(古城)과 단층 건물들이 어울려 배치되어 있는 예쁜 마을이지요. 그 곳을 거닐면서 우리나라 시골 사람들도 이렇게 높은 생활수준과 문화 환경을 누릴 수 있으면 좋겠다고 생각했습니다. 에밀 졸라 기념관 건물은 그가 자신의 인세로 모두 세 채의 집을 사들여 살던 곳이랍니다. 생전에 그가 사용했던 책상, 원고, 논평, 유품들은 물론 그가 수집한 갑옷, 칼, 창, 투구도 전시되어 있습니다.

에밀 졸라의 유해(遺骸)는 국립묘지인 팡테옹에 1908년 안장되었습니다. 1902년 몽마르트르 묘지에 안치되었다가 이장되었지요. 에밀 졸라의 장례식에서 동료 문인 아나톨 프랑스가 추도사를 낭송했어요. 아나톨 프랑스는 드레퓌스 사건과 관련하여 "그의 양심이 인간의 양심이 된 순간이었다. 그로 인해 이제 비로소 프랑스는 정의와 이성의 나라가 되었다"라고 언급하고, "우리는 그를 부러워합니다. 방대한 저작과 위대한 참여를 통해 조국을 명예롭게 했기 때문입니다. 우리는 그를 부러워합니다. 걸출한 삶과 뜨거운 가슴이 그에게 가장 위대한 운명을 선사했기 때문입니다"라고 끝을 맺습니다.

나는 아버질 조르지 못하고 혼자서 고민하다가 결국 내 꿈을 포기했습니다. 그리고 그것을 후회해왔습니다. 하지만 이번 파리 생활을 통해서 어느 정도 보상받고 있다고도 생각합니다.

현명 드림

***

현명 씨

모파상은 프랑스의 문화와 예술을 위하여, 에밀 졸라는 사회적 진보를 위하여 반유대주의와 정부에 항거합니다. 그리고 에밀 졸라의 투쟁은 프랑스가 정의와 이성의 나라가 되었다는 국민적 자부심으로 승화되었다는 생각이 듭니다. 인류의 보편적 가치인 인권을 지키기 위해 자신에게 닥쳐올 위험을 감수했던 에밀 졸라의 용기가 부럽습니다.

에밀 졸라에 대한 소개 모두가 흥미로웠습니다. 감사합니다.

인정 올림

13. 새로운 제안

인정 씨

월드컵이나 올림픽 경기에서 우리나라가 좋은 성적을 거둘 때면, 상대적으로 적은 인구 중에서 뽑힌 선수들이 그것도 열악한 연습 환경에도 불구하고 강대국을 이겼구나 하는 자부심을 갖게 되더군요. 특히 외국에서 생활을 하다 보면 애국자가 된다는 말처럼 그 감동이 배가 되는 것 같습니다. 외국인들이 건네는 말 중에 어느 나라에서 왔느냐는 물음은 단골 메뉴지요. 그때 'Republic of Korea'라고 말하면 그 나라가 어디에 있느냐 하고 되묻지 않아서 좋고, 또 내가 다니는 회사 이름을 말하면 '아! ○○○으로 유명한 회사! 나도 당신 회사의 제품을 쓰고 있다'라는 반응이 있어서 기쁨과 보람을 느끼지요.

스포츠 이야기를 계속할게요. 탁구, 테니스, 배드민턴 등의 구기 종목에는 단식과 복식이 있지요. 복식은 두 명이 한 조를 이루어 서로 번갈아가면서 치는 경기로 승리를 위해서는 두 선수의 호흡이 절대적이라고 합니다. 만약 정신적인 활동을 두 명이 한 조가 되어 번갈아가면서 한다면, 그러면서도 서로 간에 일체의 말 또는 신호 등으로 소통할 수 없다면 얼마나 어렵겠습니까! 바로 바둑의 복식 경기입니다. 서로가 각자의 마음속으로 구상하고 상대의 대응에 따라 달리 응수해야 하는 상황에서, 상대편의 의도뿐만 아니라 같은 편의 의중까지 고려해야 하니 그 어려움이 오죽하겠습니까! 더욱이 실력 차이가 많이 나는 사람들로 같은 편이 구성되어 있다면 수를 읽는 수준 차이로 인하여 호흡을 맞추기가 더욱 어려워지겠지요. 그래서 실력이 낮은 측에서는 중요한 시점에서 자신이 둘 수에 대하여 생각이 나지 않을 경우 '단수'를 쳐서 상대편이 응할 수밖에 없도록 한답니다. 그다음 수를 자기 편의 고수가 처리할 수 있도록 일명 '번트'를 대는 것이지요.

인정 씨!

여기까지 읽고서 도대체 무슨 이야기를 하려고 그러는가 무척 궁금하시죠? 바로 그 궁금증을 풀어드리겠습니다.

우리 둘이 한 조가 되어 글을 써보자는 제안을 드리고자 해요.

예를 들어, 내가 먼저 일정 분량의 글을 쓰면 거기에 이어서 인정 씨가 쓰고, 또다시 인정 씨의 글에 이어서 내가 써나가는 것이지요. 서로 간에 어떠한 질문이나 답변도 하지 않으면서 상대의 의도와 글의 진행 방향 등에 대한 탐색과 고민을 통하여 이어나가야 합니다. 경기에도 규칙이 있듯이 이러한 글쓰기에도 규칙이 필요할 것 같아서 다음과 같이 생각해보았어요.

첫째, 상대에게 스토리 전개나 복선 등 글의 내용에 대해 문의할 수 없고 자신도 그러한 것들을 암시하는 어떠한 단서도 제공하지 않는다.

둘째, 자신에게 주어진 글쓰기 차례에서 쓸 수 있는 글자 수는 200자 원고지로 5매 이상 10매 이하로 제한한다. 이는 앞에서 복식바둑을 소개하면서 말씀드린 '번트'를 방지하고 한 사람의 점유율이 지나치게 많아지지 않도록 하기 위한 것이죠.

셋째, 한 사람이 쓸 수 있는 시간을 제한한다. 즉, 상대편의 메일 발송 시간을 기준으로 48시간 이내에 이어진 글을 발송해야 한다. 이는 생각할 시간을 벌기 위해 의도적으로 메일을 늦게 열어보고 싶은 유혹의 가능성을 미리 없애자는 것이죠. 참고로 기준 시는 우리의 메일 계정에 공통으로 적용되는 서울 시각으로 하면 무방하겠지요.

넷째, 운동경기에 있는 '작전 타임'과 같이 일정 횟수가 지나서 생각할 시간이 더 필요할 경우 48시간을 연장받을 수 있다. 작전 타임 신청은 각자의 기준으로 최소한 3회의 글쓰기를 하고 난 후에 가능하다.

내가 제시한 제안에 대해 어떻게 생각하세요?

물론 48시간 이내에 답변을 주셔야 해요. ㅎㅎ. 그럼.

현명 드림

***

현명 씨

지금까지 메일을 주고받으면서 '현명 씨는 어떤 분일까?' 하는 궁금증이 들 때가 많았어요. 물론 우리는 온라인 교류 조건으로 인해 오프라인상에서는 영원히 만나지 못할 운명이지만요.

그래서 이번에는 '현명 씨가 궁금해지는 이유가 무엇일까?' 하고 생각을 해보았는데, 바로 어제 보내온 메일의 내용처럼 기발한 발상과 천진스러운 모습이 그 답이라는 생각이 드네요. 어쩜 그 나이에 이렇듯 흥미로울 수가 있어요? 아참! 여자가 속마음을 너무 많이 보이는 게 싫으신가요?

마치 '이어 달리기'가 연상되는 '이어 글짓기' 제의에 동의합니다. 그리고 거기에 따르는 조건에 대해서도 공감하고요.

단 한 가지 추가할 사항이 있는 것 같네요. 우리 둘이 한 조가 되어 글을 써나가면 언젠가 완성된 작품이 나오지 않겠어요. 그 내용을 외부에 알리지는 않겠지만, 우리 둘 중 그 작품의 완성에 누가 더 많이 기여했는가를 평가하여 승자를 가렸으면 해요. 방법은요, 먼저 한 사람이 자신이 쓴 글에 대한 상대방의 이어 쓴 글을 평가하는 방식이지요. 즉, 현명 씨의 글에 이어 쓴 저의 글에 대한 평가를 현명 씨가 해주는 거죠. 현명 씨가 의도 했던 방향으로 이어지는지 아니면 영 엉뚱한 방향으로 틀어지는지를 감안하여 몇 퍼센트라고 만족도를 표시하는 것입니다. 글쓰기가 모두 끝이 나면 그동안 받은 만족도의 평균 점수가 높은 사람이 이기는 거죠. 진 사람은 이긴 사람의 요구사항을 들어주기로 해요. 물론 온라인상으로 가능한 요구사항만.

먼저, 현명 씨가 글을 시작하세요. 저도 예상문제를 풀어보면서 대기하고 있겠어요.

오늘부터는 호기심과 설렘 말고도 긴장감을 가지고 당신의 편지를 기다리겠는데요. 부디 쉬운 문제를 기대하면서 이만 줄입니다.

인정 올림

14. DNA 사랑 1

인정 씨

지금부터 이어 글쓰기를 시작하겠습니다. 내가 쓰는 글은 홀수로, 인정 씨가 쓰는 글은 짝수로 번호를 매기면 좋겠네요. 번호 앞에는 인정 씨의 '인' 자와 현명의 '현' 자를 따와서 '인현'을 붙였으면 합니다.

••• 인현 1

일곱 살배기 외아들 현수가 우리와 같은 아파트의 옆 동에 살고 계신 할아버지 댁에 다녀왔다. 아내는 현관문으로 뛰어나가 아들을 맞이했다. 그리고 둘은 곧바로 아내의 서재로 들어갔다. 잠시 후 열려진 서재의 문틈으로 이야기 소리가 들린다.

"현수야! 오늘 할아버지랑 무슨 이야기를 했어?"

"응, 핑크 대왕이라는 동화책 이야기를 했어!"

"그게 뭔데?"

옛날에 핑크색을 좋아하는 대왕이 살았는데, 그 왕이 핑크색을 너무 좋아해서 보이는 것은 모두 핑크색으로 칠하라고 했대. 신하들은 하는 수 없이 책상, 걸상, 마차, 심지어 나무와 풀까지 핑크색으로 칠했대. 하지만 세상의 모든 것을 핑크색으로 칠하는 것이 쉽지 않잖아. 얼마 안 가서 백성들은 지칠 대로 지치고 말았지. 그때 계급이 높은 신하 한 명이 꾀를 내었대. 뭐였냐면? 대왕의 안경알을 핑크색으로 칠하는 거였어. 그러고 나니까 백성들은 눈에 보이는 것마다 핑크색을 따로 칠할 필요가 없어졌대. 왕이 그 안경을 끼면 하늘도, 나무도, 공주도 모두모두 핑크색으로 보여서 정말 행복해했으니까.

"와! 굉장히 재미있네."

"응, 할아버지가 그러는데, 우리가 보는 틀이 중요하대. 사진은 사진기의 렌즈에 담을 수 있는 크기만큼 볼 수 있대. 그래서 내가, 할아버지! 유리창으로 보이는 구름을 그림으로 그리면 되겠네. 그랬어."

"그래서 할아버지가 뭐라고 하셨어?"

"그래 맞다. 우리 현수는 엄마를 닮아서 참 똑똑하네. 그랬어."

그 순간 잠시 문틈으로 내다보는 아내의 눈과 내 시선이 마주쳤다.

아내는 얼른 시선을 아들 쪽으로 돌리면서 "현수야! 저녁 먹자"라고 말했다.

저녁 식단은 조기백반이었다. 할아버지의 식성을 닮았는지 현수는 조기를 무척 좋아했다.

아내는 오븐에서 잘 구어진 조기를 발라서 현수에게 먹이면서 또 질문을 한다.

"현수는 언제 또 할아버지 집에 가기로 했어?"

"음, 모래요. 할아버지가 1부터 100까지 쉽게 더하는 방법을 가르쳐준대. 음, 음, 가~, 가~ 뭐랬는데 까먹어버렸네."

"혹시, 가우스 아니니?"

"맞다, 가우스! 근데 엄마가 그걸 어떻게 알아?"

그때 아내는 힐긋 나를 보고는 다시 현수에게 "응, 고등학교 때 배웠지!"라고 대답을 했다.

저녁상을 치우자 현수는 '핑크대왕'이라는 동화책을 가지고 자기 방으로 들어갔다.

아내는 나와 함께 '세 바퀴'라는 TV 예능 프로그램을 본다. •••

••• 인현 2

'세 바퀴'에서 30~40대 남성 100명에게 "아내와 아버지, 즉 며느리와 시아버지가 다음 중 어떠할 때 남편의 입장에서 서운함을 느끼는가?"라고 물었다.

① 자신이 모르는 분야를 아내와 아버지가 신나게 얘기할 때
② 아내가 보약을 지어 왔는데, 자신의 것은 없고 아버지 것만 있을 때
③ 아내와 함께 해외여행 갔는데, 아버지가 아내의 전화로 안부를 물을 때
④ 내가 바쁘다고 하니 아내가 아버지와 함께 마트에 장보러 갈 때

내가 남편에게 물었다.

“여보, 당신은 어떤 때 가장 서운하겠어요?”

남편은 나를 보면서 대답했다.

“당신하고 아버지하고 어떤 일을 해도 서운할 수 있나? 두 사람 다 소중한 나의 가족인걸.”

나는 남편이 서운할 때가 있으면서 내게 부담을 주지 않으려고 그렇게 답했을 거라고 생각하면서도 그러한 남편의 배려가 고마웠다.

또한, 평소에 시아버지가 여간 고맙지 않다. 맞벌이부부인 관계로 외아들 현수의 육아문제와 교육문제 때문에 고민하고 직장을 그만둘까 하고 마음먹은 적도 있었다. 하지만 시아버지는 싫다 하는 시어머니를 설득하여 현수의 육아를 도와주었고 최근에는 공부까지 가르쳐 주신다.

그때 남편이 “요즘 현수가 할아버지에게 푹 빠진 것 같은데. 아빠인 나보다도 더 좋아하는 것 같아. 아버지는 애들이 당신을 좋아하게 하는 재주가 있으신가 봐”라고 말했다. 나는 “그런가 봐요. 항상 상대의 입장에서 필요한 것이 무엇인지 고민하고 그것을 주려고 하시잖아요”라고 대꾸했다.

프로그램이 끝나자 TV를 끄고 나와 남편은 각자의 서재로 들어갔다. 나는 서재 뒤편의 조그마한 창으로 옆 동을 건너다보았다. 거기에는 시부모님이 살고 계셨다. 유심히 지켜보니 시아버지의 서재에 불이 켜져 있었다. ‘이 시간까지 아버님은 무엇을 하실까? 엊그제 뵈었을 때, 흰머리가 더 늘었던데. 건강관리를 잘하셔서 오래오래 사셔야 할 텐데.’ 마음속에서 아려 오는 그 무엇이 느껴진다. •••

··· 인현 3

"여보, 오늘은 현수가 늦네요. 제가 아버님 댁에 건너가서 현수를 데려올게요."

아내는 현관문을 나섰다. 그런데 두 시간이 지나서야 현관문 열리는 소리가 들리고 아내가 현수의 손을 잡고 들어온다.

"현수야! 오늘 할아버지께 배운 것 좀 아빠에게 얘기해드리렴."

아내가 주방 냉장고 문을 열면서 그런다.

"아빠! 할아버지가 그러는데 가우스라는 사람은 천재였대. 선생님이 1부터 100까지 덧셈을 하라는 문제를 냈는데, 다른 아이들보다 몇 배나 빨리 풀었대."

"와, 그렇구나! 우리 현수, 산수 박사가 다 되었네! 그래, 할아버지께서 산수를 잘 가르쳐주시는구나! 현수는 산수가 재미있어?"

"응, 할아버지한테 배우면 무엇이든 재미있어. 아주 쉽고 재미있게 가르쳐주시니까."

아내는 과일을 깎으면서도 나와 현수의 대화에 귀를 기울인다. 아내의 표정이 밝다.

"참 아빠, 내가 이번 주 토요일에 꽃박람회에 가자고 할아버지께 졸랐어."

"그래, 할아버지께서 꽃박람회에 가신대?"

"근데, 아빠한테 허락을 받아야 한댔어. 아빠, 나도 가도 돼? 난 가고 싶은데."

"그래 물론이지. 가도 된단다, 현수야!"

이때 아내는 가지런히 깎은 키위와 배를 담은 접시를 들고 와서 소파 앞 탁자에 놓는다.

세 사람이 과일을 먹는 동안 잠시 침묵이 흐른다.

"이번 주말 꽃박람회에 저도 함께 갈까 봐요. 주말마다 현수 데리고 다니시는 아버님도 힘드실 테니까요. 이번 주 일요일에 꽃박람회가 끝난다니까 사람들이 특히 많이 몰릴 것 같아요."

나는 아내의 말에 그러라며 고개를 끄덕인다.

현수는 "아 졸려" 하면서 자기 방으로 들어간다.

현수의 잠자리를 보고 나온 아내는 싱크대로 가 과일접시를 닦는다. 그릇을 닦는 소리와 함께 흥얼거리는 소리가 가늘게 들린다. …

… 인현 4

꽃박람회에는 예상했던 대로 사람이 참 많았다.

현수가 할아버지 손을 잡고 마냥 즐거운 듯 이 꽃 저 꽃을 들여다본다.

"이것은 무슨 꽃이에요? 저 꽃은요?"

호기심과 즐거움이 섞인 현수의 표정이 귀엽다. 시아버지는 손자의 재롱을 다 받아주면서 질문 하나하나에 자상하게 설명해준다.

박람회장 이곳저곳을 기웃거리다가 튤립이 전시되어 있는 부스에 이르렀다. 붉은색, 노란색, 흰색 튤립들을 둘러보면서도 여전히 현수는 묻고 시아버지는 대답한다.

내가 현수 아빠를 만나기 전 꽃박람회에서도 튤립을 보았다. 그 당시 지금의 시아버지와 함께 튤립에 대해 나누었던 이야기가 떠올랐다. 네덜란드의 큐켄호프와 함께.

"엄마! 뭐해? 이리 와요! 같이 사진 찍자!"

현수가 저기서 나를 부른다. 나는 10년 전 기억에서 벗어나 다시 현재로 돌아오고 말았다.

사진을 찍고, 집에서 준비해 간 김밥을 먹고, 호숫가의 임시 카페에서 시아버지와 나는 커피를, 현수는 아이스크림을 시켰다. 시아버지는 호숫가를 지긋이 바라보고 계셨다. 무엇인가를 회상하시는 것 같았다.

꽃박람회에서 돌아오는 차 안에서 현수는 할아버지로부터 오늘 배운 내용을 복습이나 하듯이 반복하여 들려주었다. 나는 오늘 하루 모처럼 많이 걸어서 다리는 뻐근했지만 추억이 서려 있던 곳에 다녀와서 행복했다. •••

••• 인현 5

저녁 무렵 꽃박람회에 갔던 모자 중 아내만 먼저 돌아왔다. 손에는 튤립이 한 다발 들려 있었다. 현수는 할아버지를 따라갔다는 것이다.

아내는 튤립과 화병을 챙겨 나오면서 그런다.

"현수 데리고 올 겸 아버님 댁에 가는 길에 튤립 좀 가져다드릴게요."

30분 지나 현수를 데리고 아내가 돌아왔다.

아내가 저녁을 준비하는 동안 현수는 내 옆에 앉아 오늘 보고 배운 것에 대해 이야기한다.

"아이리스는 그리스어로 무지개를 뜻하는데 우리말로는 붓꽃이라고 부른대요. 꽃말은 좋은 소식, 신비로운 사람이래."

"아이쿠, 우리 현수, 이제 꽃에 대해서도 잘 아네, 근데 현수는 오늘 본 꽃 중에서 가장 마음에 든 것이 뭐였어?"

"음, 튤립."

"왜?"

"음, 튤립은 보기에 색깔도 예쁘고, 꽃이 피면 쫙 벌어지지 않고 소중한 것을 간직 하고 있는 것처럼 약간 오므리고 있어서요."

"응, 그래? 그걸 우리 현수가 생각한 거야?"

"아니, 할아버지가 그렇게 말했는데요, 나도 똑같이 생각했어요!"

아내가 차린 저녁 식탁 위에는 아내 몫의 숟가락과 젓가락이 보이지 않았다. 아내는 오늘 찍은 사진을 컴퓨터에 옮겨놓는다며 자기 서재로 들어가서는 문을 닫았다. 현수와 식사를 마치고 TV를 보면서 한참 시간이 지났는데도 아내가 나오지 않았다.

"엄마! 오늘은 졸려서 일찍 잘게요."

현수가 서재 문을 두드리자 아내가 문을 열고 현수를 안아준다. 문 사이로 먼저 아내의 책상이, 그리고 그 위에 얹힌 튤립 화병이 보였다. •••

••• 인현 6

오늘은 내가 세상에 태어나서 맞는 40회 생일이다. 나보다 두 살 아래인 남편은 며칠 전부터 내 생일을 축하하기 위한 프로그램을 만드느라 여기저기 전화를 한다. 이렇게 가정주부의 생일 기념일이 소란스럽게 된 발단은 시아버지의 아이디어로부터다. 일주일 전에 시아버지께서 생일선물이라며 봉투 하나를 건네주셨다. 그 안에는 오페라

공연 티켓 두 장과 고급 레스토랑 식사권이 들어 있었다. 가격도 만만치 않았지만, 더욱 감동스러운 것은 며느리를 배려하는 시아버지의 마음 씀씀이였다. 남편은 시아버지께 선수를 빼앗긴 것을 만회라도 하려는지 제주도와 설악산 등지의 콘도를 알아보았다. 하지만 최종 결론은 나의 의견에 따르는 것으로 결정되었다. 스튜디오에 가서 가족사진을 찍은 후, 아들 현수는 외가댁으로 보내고, 시부모 내외와 함께 오페라를 관람하고 저녁 식사를 하기로 했다. 그동안 현수를 돌보아주느라 고생하신 시부모님께 감사하는 마음을 전하고 싶은 내 뜻이 받아들여진 것이다.

시아버지께서는 현수가 초등학교에 입학하는 해에 정년이 아직 3년이나 남았음에도 불구하고 명예퇴직을 신청하셨다. 당시 주위 분들이 적극적으로 만류했지만 '지금까지는 내가 해야 할 일을 해왔으나, 이제부터는 내가 하고 싶은 일을 하고 싶다'며 당신의 뜻을 굽히지 않으셨다. 퇴직 후 무슨 일을 최우선적으로 하실지 궁금했다. 그것이 시아버님께서 하고 싶은 일이기 때문이었다. 시아버님은 별다른 일을 벌이지 않으시고 평범하게 지내셨다. 현수의 등하교에서부터 학원을 가고 오는 길을 도맡아주시고 우리 부부가 퇴근할 때까지 현수를 돌보아주셨다. 현수는 할아버지가 그날그날 배운 내용을 묻고서 대화하는 식으로 의견을 말해주어서 공부가 쉬웠다고 했다.

왜 아버님이 손자에 대해 남다른 애정을 그리 쏟는지 궁금하다.

'혹시 당신의 DNA가 아들을 매개로 나의 DNA와 결합하여 현수에게 이어져서 그러시는 걸까?'

생각이 거기까지 미치자 갑자기 얼굴이 화끈거렸다. 아무튼 나는 행복하다. 나는 그분이 살고 계신 이 세상에, 이 시기에 태어나서 행

운아라고 생각한다. •••

••• 인현 7

아들 현수가 초등학교 6학년 여름방학을 맞았다.

현수는 할아버지와 함께 이탈리아로 배낭여행을 떠난다고 인터넷에서 여행지의 정보를 검색하느라 분주했다. 젊었을 때 파리에서 2년 동안 사신 적이 있는 아버지도 옛날 자료들을 뒤지면서 무언가 준비를 하시는 모습이었다. 아내도 준비물에 대한 체크리스트를 만들고 부족한 것을 구입하기 위해 백화점과 마트에 다녀왔다.

출발 전날에는 준비물을 꺼내 혹시 빠진 것이 없는지 혼자 중얼거리면서 체크리스트와 일일이 대조를 한 후 다시 담았다.

출발 당일, 공항 출국장 앞에서 아내는 혈압약이라며 약봉지 하나를 건네면서 "아버님! 가방에도 약이 들어 있지만 혹시 몰라 예비로 챙겼으니 거르지 마시고 꼭 드세요"라고 말한다. 출국 환송을 마치고 돌아오는 길에 차 안에서 밖을 내다보던 아내는 손수건으로 눈물을 닦는다.

집에 돌아온 아내는 거실 벽에 걸려 있는 시계를 자주 보면서 서성거린다.

전화벨 소리에 잠이 깨어 시계를 보니 이른 아침 6시다.

아내가 벌써 수화기를 귀에 대고 통화를 하고 있었다. 한참 동안 통화를 하고는 나를 바꿔준다. 현수는 '엄마에게 자세한 얘기는 다했으며 아빠 목소리를 듣고 싶어 바꿔달라고 했다' 고 말했다.

그날 이후로 아내는 이탈리아로 전화를 걸어서 한참 동안 통화를 하곤 했으며, 어떤 때는 통화 도중에 휴대폰을 들고 자기 서재로 들어가서 한참 만에 나오곤 했다.

7박 8일의 여행을 마치고 아버지와 현수가 귀국을 했다.

그날 저녁 우리 가족은 식탁에 둘러앉아 현수의 여행담을 듣는다.

이탈리아 여행에서 가장 인상적인 것은 미켈란젤로가 설계한 성 베드로 성당과 시스티나 예배당에 있는 그림이었어요. 미켈란젤로는 원래 〈다비드〉, 〈피에타〉를 조각한 유명한 조각가였는데, 교황이 시스티나 예배당에 천장화를 그리게 해서 성경의 내용을 주제로 한 〈천지창조〉를 그렸어요. 그 후 예배당에 벽화 〈최후의 심판〉을 그려서 화가로서도 인정받았대요.

미켈란젤로는 예술가로서 프로 정신이 매우 뛰어났대요. 조각에 쓰일 좋은 대리석을 고르려 직접 채석장으로 가기도 하고, 예배당의 그림을 그릴 때에는 아무도 그 안에 들여보내지 못하게 했대요. 미켈란젤로는 〈모나리자〉와 〈최후의 만찬〉을 그린 레오나르도 다빈치와 라파엘로와 함께 르네상스의 3대 거장으로 불리죠. 그들 중 라파엘로는 비록 37세라는 젊은 나이에 죽었지만, 두 사람의 예술양식과 피렌체 예술을 자신의 것으로 받아들여 재창조함으로써 당시 성직자를 비롯한 일반인들에게 가장 사랑을 받았대요. 플라톤을 비롯한 고대 철학자들을 그린 〈아테네 학당〉은 레오나르도 다빈치를 포함한 당시의 사람들이 모델을 했으며 자신도 화면 오른쪽에 끼워 넣었다고 해요.

아내는 아버지를 슬쩍 보는 것 말고는 현수에게 시선을 고정하고 있었으며, 가끔씩 감탄조로 입을 벌리기도 하고 입가에 미소를 짓기도 하였다.

남부 이탈리아의 여행에서는 폼페이 유적에 감동을 받았어요. 서기 79년 베수비오 화산이 폭발하여 폼페이라는 마을 전체가 화산재로 덮였는데, 19세기에 수도공사를 하다가 발견된 후 그 당시의 모습이 드러났대요.

바닷가에서 길을 따라 약간 올라가니 고대도시의 중요한 건물인 아폴론 신전, 제우스 신전, 바실리카가 보였어요. 특히 큰 돌들을 다듬어서 직선으로 깔아놓은 도로와 인도가 인상적이었어요. 2,000년 전에도 그 정도의 기술을 갖추었다고 생각하니 이탈리아 사람들이 대단하다고 생각했어요. 로마가 큰 나라를 세우고 오랫동안 유지했던 것이 우연이 아니라는 것을 실감했어요. 최근 이탈리아 정부에서는 해마다 200만 명의 관광객이 폼페이에 오기 때문에 돈은 많이 벌지만, 검투사의 집 등 유적의 일부가 무너졌기 때문에 무척 신경을 쓰고 있다고 했어요.

현수의 이야기를 들으면서 식사를 마치고 보니 아내의 밥그릇에는 여전히 밥이 많이 남아 있었다. •••

••• 인현 8

다음을 어떻게 이어가야 할지 고민입니다. 작전타임!! 생각할 시간이 필요해요. 작전타임을 신청합니다.

15. 파리의 카페

인정 씨가 '작전타임'까지 신청할 정도로 이 소설에 관심이 많은 걸 보니 아마 이번 '이어 글쓰기'에서 꼭 이겨서 나에게 요구할 것이 있으신가 봐요? 이거 긴장되는걸요. 하지만 선의의 경쟁인데 우리 서로 긴장을 풀기 위해 '차 한 잔의 여유'를 갖도록 하죠. 파리의 유명한 카페 세 곳을 여기에 소개합니다.

'장소'란 우리에게 어떤 의미일까요? 사회학자 정수복은 〈파리의 장소들〉에서 "장소는 기억의 보물창고"라며 파리에 있는 장소와 그 장소에 깃든 의미를 소개하고 있습니다. 인정 씨에게 보낸 두 번째 메일에서 '시간과 장소의 교차점'이 인연이라고 얘기한 기억이 나네요. 그렇다면 장소는 인연을 이루는 데 최소한 절반의 조건은 되지 않을까요.

파리의 상제르망 데 프레 교회 바로 앞에 있는 카페 레 되 마고를 소개합니다. 파리에서 활동한 예술가들이 찾았다 해서 명소로 꼽히는 곳으로 많은 관광객들이 찾아와 커피와 식사를 즐기는 모습을 볼 수 있습니다. 〈좁은문〉의 작가 앙드레 지드, 이브 몽탕이 불렀던 〈고엽〉에 가사를 붙였다는 프레베르, 화가 피카소, 시인 랭보는 물론 철학자

이자 작가인 사르트르와 보부아르가 그곳을 즐겨 찾고 머물렀다고 합니다. 아마 많은 관광객이 그런 사람들이 머물던 그 장소, 그 자리에서 그들의 정신을 느껴보고 싶은가 봅니다.

카페의 테라스에 자리를 잡으니 갸송으로 불리는 종업원이 밝은 미소로 다가와 주문을 받습니다. 나는 에스프레소 한 잔과 샌드위치를 시켰습니다. 평소라면 음식을 먹은 다음에나 마실 커피를 그곳에서는 왠지 먼저 마시고 싶어서요. 인정 씨에게는 뭘 시켜드릴까요?

조그마한 찻잔에 담겨 있는 되 마고의 에스프레소가 입술로 흘러드는 순간이에요. 그 짧은 순간에 커피 온기가 가느다란 연기처럼 피어오르고 곧이어 향기가 코로 스며듭니다. 한 모금. 입 안을 그리고 가슴을, 그다음에는 온몸을 긴장으로부터 해방시킵니다. 이 기분이라니!

파리를 무대로 창작열과 예술혼을 불태웠던 세계적인 지성들이 왜 카페에 모여들었을까요? 카페는 아침 식사를 하면서 하루를 계획하거나 다른 일정이 없으면 조용하게 글을 써나가기에 좋은 장소였겠지요. 글을 쓰다가 막히면 창밖으로 눈을 돌려 아름다운 건물과 지나가는 사람들을 보다가 아이디어를 얻기도 했겠지요. 사르트르는 시간만 나면 글이나 일기를 썼으며 그 글을 연인 보부아르에게 보여주었다고 해요. 그런 그가 즐겨 찾는 장소가 바로 카페였지요.

난방시설이 변변치 않고 비좁은 방에서 겨울을 나야 했던 지성들에게는 집에서 누릴 수 없는 온기와 넓은 공간을 커피 한 잔 값으로 얻을 수 있는 카페가 여간 고마운 게 아니었을 거예요. 카페는 과거에 하루의 노동을 마친 사람들이 들러서 한 잔의 술을 마시며 그날의 피로를 풀고 수다를 떠는 그런 장소는 아니었을 거예요. 육체적 고통을

당신이 내게 불러준 그 노래가 나에겐 잊히지 않는다오.
그것은 우리들과 닮은 하나의 노래. 나를 사랑하고 있었던 당신. 당신.
- 노래 〈Les feuilles mortes〉에서
(그림 : 카페 레 되 마고)

잠시나마 잊기 위해 찾는 곳이 아니라, 정신적 활동을 정리하며 작업을 완성하기 위해 찾는 곳이었어요. 그래서 카페에서는 알코올 도수 45~74퍼센트의 압생트 같은 독한 술 대신 커피나 맥주 같은 음료를 제공한답니다.

••• 카페 레 되 마고는 1885년에 문을 열었다. 원래 비단을 파는 가게로 두 개의 중국인형이 조각되어 있었는데 카페의 이름은 거기에서 유래한다. 1933년 콩쿠르 상 시상식 때 되 마고 상을 지정하여 100프랑을 지급했는데 현재에는 상금이 꽤 올랐단다. 그 후 되 마고는 유명세를 타 자체 브랜드로 찻잔, 티셔츠, 빵을 판매하기도 한다. •••

••• 카페 플로르는 되 마고에서 얼마 떨어지지 않은 곳에 위치하고 있다. 젊은 작가들이 자주 찾았는데, 이 카페의 주인이 사르트르에 대해 한 말은 꽤 유명하다. "1942년경 카페의 문을 열 때부터 닫을 때까지 차 한 잔을 앞에 두고 몇 시간이고 죽치고 앉아 알 수 없는 무언가를 계속 쓰고 있는 한 남자가 있었으니 카페로서는 최악의 손님이었지요. 그가 바로 사르트르입니다." •••

••• 프로코프는 오데옹 전철역에서 북쪽으로 나 있는 앙시엔 코메디 가에 위치한다. 1686년 커피콩을 파는 가게의 이탈리아 출신 종업원 프로코피오 데이 콜텔리가 아이디어를 내 최초로 커피를 판매하기

위해 차린 카페다. 광장의 형태가 아니라 실내공간을 중시하여 장식을 화려하게 하여 손님들이 귀빈 대우를 받는 느낌이 들도록 하였다. 하루에도 30잔 이상의 커피를 마셨던 작가 발자크, 사상가이자 극작가 볼테르와 루소, 프랑스혁명의 주역 로베스피에르와 당통이 즐겨 찾았으며 주요 인사들의 만남과 토론의 장이었다. •••

프로코프 2층 안쪽에는 일고여덟 명이 앉을 수 있는 룸이 있습니다. 볼테르 룸이라고 하더군요. 그곳에는 로베스피에르의 글과 친필 사인, 마리 앙투아네트의 사인이 걸려 있어요. 언젠가 종업원에게 그것들이 진품인지 물었더니 "예전부터 걸려 있는 것으로 알고 있다"고 대답하더군요. 세계사의 흐름을 바꾸었고 전 세계 사람들에게 아직까지 영향을 주고 있는 인물들이 앉아서 고민하고 토론했던 그 자리에 있다는 것이 나를 흥분시켰습니다.

파리의 카페 면면과 그곳을 찾았던 사람들에 대해 알게 되면서 파리의 카페문화가 부러웠습니다. 드라마에 나온 여주인공이 들었다는 명품 가방과 브랜드 의상이 다음 날이면 품절되었다는 얘기가 뉴스거리가 되는 우리의 현실이 생각나 안타깝더군요.

인정 씨, 커피 한 잔 마시며 머리나 식혀보자고 했던 처음 이야기가 어느새 여기로 빠지고 말았네요. 소중한 작전타임을 잘 활용하시기 바라면서 이만 줄입니다.

현명

16. DNA 사랑 2

••• 인현 8

이탈리아 여행을 다녀온 아들 현수가 잘 자는지 궁금해서 그의 방문을 조심스럽게 살짝 열어보았다. 아직 잠들지 않은 아들은 나를 보자 웃으며 방 안으로 들어오라고 손짓을 했다. 그리고 묻지도 않은 이탈리아 여행에 대하여 다시 이야기하기 시작했다.

"밀라노에서 기차를 타고 베니스 방향으로 50분쯤 가다가 조그마한 도시 베로나에 들렀어요. 셰익스피어의 작품 〈로미오와 줄리엣〉의 배경이 된 마을이라는데, 지금도 줄리엣의 생가가 보존되어 있었어요. 입구의 양쪽 벽에는 연인들 또는 싱글들이 자기 사연을 담은 편지나 메모를 붙이는 공간이 마련되어 있었어요. 할아버지께서 그러셨는데 이러한 이벤트에서 아이디어를 얻어 만든 영화도 있다고 했어요."

현수는 이어서 셰익스피어의 4대 비극, 삶과 문학에 대한 할아버지의 이야기를 전하다가 장시간 여행에 피곤했던지 스르르 잠이 든다. 현수와 대화를 하다 보면 초등학교 6학년이라고 하기에는 꽤 많이 알고 있다는 생각이 든다. 단순히 암기한 내용을 앵무새처럼 내뱉는 수준이 아니라 고민하는 과정을 거쳐 어느 정도 자신의 생각으로 정리

착한 순례자여, 그대는 당신의 손에 너무 가혹하십니다.
그 손은 이와 같이 헌신적인데. 왜냐하면 성인들도 순례자들을 만질 손이 있고
손바닥에 손바닥을 대는 것은 신성한 순례자의 입맞춤이나 마찬가지니까요.
-희곡 〈로미오와 줄리엣〉에서
(그림 : 줄리엣의 발코니)

된 것 같다. 사회과학도였던 할아버지가 평소에 문학·역사·철학의 중요성을 인식하고 틈틈이 공부해온 것을 손자 현수에게 자연스럽게 전수해준 덕택이라는 생각이 든다. 잠이 든 현수의 얼굴을 보면서 '문학과 삶' 그리고 시아버지를 떠올려본다.

나는 대학원 시절에 어느 포털사이트의 '영문회'라는 카페에 가입하여 활동하였다. 영화와 문학을 좋아하는 사람들의 모임이었다. 처음에는 온라인상으로만 활동하면서 내가 보았던 영화 중 큰 감동을 받았던 내용과 내가 읽었던 문학작품에 대해 글을 올리고, 어떤 때에는 카페 회원들과 채팅을 나눈 적도 있다. 하지만 회원들의 수준은 당초 기대에 못 미쳤다. 일부 회원들은 단편적인 수준의 내용을 감상적인 표현으로 포장하여 고상한 척하는 경우도 있었다. 어느 날 아이디어 하나가 떠올랐다. 온라인상의 아이디에 (26)이라고 표시된 내 나이를 열 살 정도 올려서 (36)으로 표시하기로 하였다. 아무래도 비슷한 연령대에서는 삶의 경륜이 우러나온 대화를 나눌 수 있는 사람을 찾기 곤란하다는 생각이었다. 다시 로그인하여 처음 맞은 대화 상대는 나이 표시 (43)에 닉네임은 '마음'이라는 회원이었다. 오랜만에 나이 많은 분과 대화를 한다는 호기심과 나이를 속인 불안감 속에 조심스럽게 인사를 건넸다.

"안녕하세요? 반갑습니다."

"네, 반가워요."

"아이디 제임스 조이스는 알겠는데, 닉네임 '마음'은 좀 특이하네요. 어떤 의미가 있나요?"

"아, 이거요? 음, 일본 작가 나쓰메 소세키의 소설 제목입니다. 제가 좋아하는 작가 중 한 분이죠."

"그렇군요! 근데 그 작가를 좋아하시는 이유는요?"라는 나의 질문에 대해 "그분의 작품에는 휴머니즘이 있어요. 또한 깊이가 있지요. 아울러 그분이 살아온 삶도 존경스럽고요"라고 답하는 등 채팅 상대는 자상한 편이라는 느낌이 들었다.

"예, 초면에 죄송합니다만, 그분의 어떤 점이……?"

"그분은 동경대 영문과를 졸업하고 영국으로 간 국비유학생이었지요. 박사학위를 취득한 후 일본으로 돌아와 동경대 교수 자리를 제안받았으나 정중히 사양하고 글쓰는 일에 전념했지요. 작품의 내용이 좋아 일본인들로부터 많은 사랑과 존경을 받았으며 사후에 일본 지폐에 초상화가 실릴 정도였습니다. 유명세를 타게 되면 정치권이나 매스컴의 관심에 현혹되는 사례가 종종 있잖아요! 하지만 그분은 오직 문학에 대한 사랑과 작품활동이라는 외길을 걸어감으로써 오히려 죽어서도 영원히 사는 영예를 안게 되었죠."

"예, 그렇군요. 저도 한번 읽어봐야겠습니다. 막연히 일본에 대한 거부감으로 일본문학에 대해서는 생각지도 못했습니다."

"참, 양해의 말씀을 드려야 하겠네요. 제가 다른 일정이 있어서 로그아웃을 해야 할 시간입니다. 혹시 하실 말씀이 있으면 마무리하도록 하지요."

"아니에요, 다음 기회에 또 대화하죠. 초면에 좋은 말씀 잘 들었습니다."

"그럼."

그렇게 우리의 첫 인연이 시작되었다. •••

••• 인현 9

이번 달부터는 아버지가 정기적으로 다니던 주말 등산을 평일로 옮긴다고 하신다. 그 이유를 여쭈었더니 현수가 중학교에 입학한 것을 계기로 주말을 이용하여 손자와 함께 프랑스어학원을 다니겠다고 하셨다. 아내는 '기본적인 프랑스어 구사가 가능한 아버지가 굳이 손자와 함께 학원을 다니고자 하는 속내는 현수의 공부를 위한 것'이라고 귀띔을 한다. 학원이 시내에 있는 관계로 주차하기가 마땅하지 않아 전철을 이용하겠다는 아버지의 말씀에 아내는 주말에는 별다른 일정이 없으니 자기가 데려다주겠다고 한다. 아내는 아버지와 현수를 학원까지 데려갔다가 마칠 때까지 근처의 커피숍에서 기다려 데려온다.

아버지와 현수가 프랑스어를 시작한 지 한 달이 되었을 무렵, 현수는 우리가 무심코 쓰는 단어에 프랑스어가 들어간 것이 있다며 소개한다.

"필기구 이름 브랜드인 '모나미'는 나의 친구(mon ami)를 의미하는 프랑스어에서 왔으며, 과자 이름 '몽셸통통'은 나의 사랑하는 삼촌(mon cher tonton)이라는 뜻이며, 빵집 이름 '뚜레주르(tous les jours)'는 매일, 날마다의 뜻으로 매일 만드는 신선한 빵을 암시합니다. 만년필 브랜드 '몽블랑'은 하얀 산(mont blanc)인데, 알프스 산맥에 있는 만년설의 높은 산 이름이며 프랑스어는 형용사가 명사 뒤에서 꾸며주는 특징이 있어요. 가수 이름 '옴므'는 원래 남자들(les hommes)이라는 뜻인데 프랑스어에서는 단어의 첫 글자로 쓰이는 'h' 자는 대부분 묵음입니다. '세시봉'은 아주 멋짐, 매우 훌륭함(C'est si bon)이란 뜻이며 1947년 앙리 베티가 작곡한 프랑스의 샹송 제목이기도 합니다."

아내는 이야기를 하는 아들을 계속 응시하면서 입가에 미소를 짓고 있다.

"참, 엄마 제가 재미있는 이야기 하나 해드릴게요. 학원 선생님이 '불어'라는 단어가 들어간 유머를 해주셨어요."

Q. 참기름과 라면이 싸움을 하다가 경찰서로 끌려갔는데, 라면만 감옥에 갔다. 그 이유는? A. 참기름이 '고소'해서

Q. 그런데 이어서 참기름도 감옥에 갔다. 그 이유는? A. 라면이 '불어'서

순간 아내는 배꼽을 잡고 웃는다. 아내가 그렇게 웃는 모습은 근래에 드문 일이다.

"선생님께서 '불어'가 들어간 유머를 아시는 분은 소개해달라고 하자, 한 학생이 장황하게 얘기했는데 아무도 웃지 않았어요. 그러자 선생님이 좀 더 재미있는 유머는 없느냐고 물었어요. 그때 할아버지께서 유머가 적힌 종이를 선생님께 주었어요. 선생님이 그 내용을 읽어주자 많은 학생들이 웃었어요."

현수가 호주머니에서 챙겨온 종이를 꺼내 보여준다.

옛날 옛적에 관선(官選)시대의 어느 지방 관아에서 생긴 일이다. 임금님이 해외순방을 다녀오자마자 다음과 같은 교지를 내렸다. "이제는 세계화시대다. 우물 안에 개구리처럼 살지 말고 국제무대로 시야를 넓혀야 한다."

최근까지 이조(吏曹)에서 근무하다가 두 계급이나 승진하여 어느

지방의 군으로 부임한 엘리트 군수가 있었다. 그는 이방에게 다음과 같이 지시를 했다. "임금님의 교지가 승정원, 이조, 도(道)를 거쳐 우리 군(郡)에까지 당도하려면, IT산업이 앞선 우리나라이지만, 최소한 두 달은 걸린다. 곧바로 우리 군청의 계장들 책상 위에 국제전화 한 대씩을 설치하고, 매일 외국으로 전화 한 통화씩 하도록 해라. 그것이 바로 임금님께서 말씀하신 '세계화'를 앞당기는 지름길이다."

군수가 엄명을 내리자, 나이 든 계장이 다이얼을 돌린다. (001 또는 002)-33-1-44 05 ××××. 드디어 국제전화가 연결되었고 수화기에서는 "알로(Allo), 봉주르(Bonjour)"라는 소리가 들렸다. 순간 당황한 계장은 차석에게 "프랑스 같은데 프랑스도 영어를 쓰는가?"라고 급히 묻는다. 주무관은 순간 벙어리가 된 듯 아무 말도 못 하고 고개만 좌우로 흔든다.

계장이 이번에는 멀리서 복사를 하고 있는 성균관 유생 출신 신입 직원에게 "어이, 박 군! 프랑스도 영어를 쓰지?"라고 묻자 그 직원은 "아니요, 계장님. 불어(佛語)요 불어!"라고 급히 대답했다.

여기서 힌트를 얻은 그 계장은 수화기에 입을 가까이 대고 "후! 후!" 하고 힘차게 불었다. 그러자 옆자리에서 졸고 있던 직원이 잠결에 불이 난 것으로 착각하고 그 계장을 향해 분말 소화기를 발사했다.

이번에도 심하게 웃던 아내는 "아버님께서는 유머를 잘 안 하시는데, 이번에는 큰맘 잡수셨군요. 하지만 아버님 유머에는 교훈적인 내용이 들어 있어요. 세계화 정책의 대상인 시골 군청 계장들의 외국어 능력은 감안하지 않고 위만 바라보는 군수의 행태를 꼬집는 유머인 것 같아요"라고 아버지의 유머를 해설하였다.

그러고는 잠시 무엇인가를 생각하던 아내가 "오늘 저녁에는 아버님이 좋아하시는 조기를 굽고 된장찌개도 끓여드려야겠어요"라고 말한 다음 서재로 들어가 어디론가 전화를 한다.

그날 저녁 6시 30분에 현관문을 나선 아내는 11시가 되어서야 돌아왔다. •••

••• 인현 10

내일은 시아버지 칠순 되는 날이다. 당신의 뜻에 따라 가까운 일가친척만 불러 조촐하게 저녁 식사를 하기로 했다. 남편과 지인들은 그동안 사회활동 때 당신이 맺어온 인간관계를 감안하여 크게 치러야 한다고 여러 차례 건의했다. 하지만 당신께서는 '인생사는 가족에서 출발하여 사회에서 머물다가 다시 가족으로 돌아가는 것이다'라며 간소하게 하자고 했다. 평소에 관대하던 시아버지가 유독 당신의 칠순 잔치에 대해서는 완고하였다.

서재에 놓인 조그마한 장롱 속에 보관해 두었던 조끼를 꺼냈다. 16년 전에 직접 털실을 고르고 밤잠을 줄여가며 정성껏 뜨개질했던 그 조끼다. 그동안 가끔 꺼내서 보기도 하고 햇빛을 쬐어주어서 그런지 보관 상태가 아주 좋았다. 이 조끼를 내일 시아버지 칠순 선물로 드려야겠다는 마음을 먹으니 내 눈가에 눈물이 맺힌다.

영화와 문학을 좋아하는 사람들의 모임이라는 카페에서 맺은 시아버지와의 인연은 상당 기간 지속되었다. 카페에 개설된 대화방에서 채팅을 통해 우리가 나누었던 수많은 지식, 사연, 그리고 인생과 사랑에 대한 생각들은 서로에 대한 좋은 감정을 넘어 사랑으로 발전하게 되었다. 나는 그분을 오프라인상에서도 뵙고 싶었지만, 같은 동호회원으로 온라인상으로만 교류하자는 우회적인 거절의사로 인해 우리의 대면이 좌절되는 듯했다. 하지만 2년 후 동호회원 전체 모임에 제임스 조이스 씨가 참가한다는 정보를 입수하게 되었다. 그날 나는 지난 2년 동안 수많은 밤을 가슴앓이하면서 차곡차곡 쌓았던 그리움 대신 설렘과 두려움으로 채워진 가슴을 달래며 뜬눈으로 밤을 지새워야 했다.

나는 송년회 겸 열리는 '카페 동호인의 밤'에 모인 20여 명의 회원 중에서 그분을 한눈에 알아볼 수 있었다. 공식행사가 끝나고 회원 상호 간에 자유롭게 이야기하는 시간이 되자 대각선 방향에 있는 중년 신사 앞으로 자리를 옮겼다. "혹시 '제임스 조이스'님 아니신지요?" 나의 질문에 그분은 인자하게 미소를 지었다. 우리는 늦은 시간까지 지난날에 대해 회고하기도 하고 최근 문학계의 동향 등에 대한 이야기꽃을 피웠다.

그와 나는 얼마 후 온라인상에서 다시 만났다. 몇 번의 채팅 후에 자신의 실제 나이가 53세라는 사실을 알렸듯이 나의 나이에 대한 진실을 말해달라는 것이었다. 나는 그동안 나이를 속인 것은 혹시 나이 차이로 인해 연락을 끊을까 봐 두려워서 사실대로 알리지 못했으며 용서해달라는 말과 함께 나이를 고백했다. 우리의 나이 차이는 만남이 시작될 당시 일곱 살 차이었던 것이 결국 2년 만에 27세 차이로 벌어졌다. 그 사실을 알아버린 시아버님은 온라인상에서 가끔 대화나 나누자며 나와의 만남을 중단하셨다. 하지만 이미 그분 안으로 들어가버린 내 마음을 돌이킬 수 없었다. 그 후 나의 간절한 요청에 의해 몇 번의 만남이 있었지만 더 이상 지속되지 않았다.

몇 개월 후 나의 마지막 소원이라며 딱 한 번만 만나달라는 애원 끝에 '우리 둘 사이의 마지막 만남'이라는 다짐을 받고서 그분이 나타나셨다. '결혼 적령기에 있는 여성이 한두 해를 쉽게 생각하고 시기를 놓치면 결혼하기 곤란해질 수도 있으니 좋은 인연 만나세요'라는 애정 어린 조언을 해주셨다. 하지만 그날 밤이 우리 둘 사이의 마지막 만남이 될지도 모른다는 위기감에 엄청난 계획을 세워놓았던 것이다. 우리는 호텔에 있는 레스토랑에서 많은 양의 와인을 마셨으며 어느 정도 분위기가 무르익자 '저는 결혼할 생각이 전혀 없어요. 선생님을 너무 사랑하기 때문에 당신의 아이를 낳아 혼자 키우고 싶습니다. 따라서 오늘밤을 함께 보냈으면 합니다'라는 충격적인 제안을 했다. 그분의 DNA를 이어받은 아이라면 주위의 불편한 시선 따위는 무시할 자신이 있었으며 가정이 있는 사랑하는 분에게 더 이상의 부담은 주고 싶지 않았기 때문이었다.

다음 날 아침 나는 정신을 차려 주변을 살펴보았더니 호텔 방에 잠들어 있었다. 하지만 나의 실망은 너무나 컸다. 옷을 입은 채로 혼자 있었기 때문이었다. 탁자 위에 놓인 메모지에는 '청을 들어주지 못해서 미안해요. 세월이 흐르면 나를 이해하게 될 것이오. 앞으로 절대로 나를 찾지 말아주시오'라는 글이 쓰여 있었다. 그때 선물로 준비해간 조끼는 포장된 상태 그대로 놓여 있었다.

16년 전의 그 조끼를 새로 마련한 상자에 곱게 접어 넣은 후 포장지로 싸고 분홍색, 흰색, 노란색 끈으로 테두리를 감고 붉은색 리본을 달았다. 그 색깔을 보니 꽃박람회가 떠올랐다. 책을 읽을 때는 물론이고 어떤 물건이나 색깔만 보아도 시아버지와 연관을 짓게 되고 함께 했던 추억에 젖게 된다. 그럴 때마다 현수 아빠에게 죄스러운 마음이 든다. 자신에게 접근했던 내 의도에 대해 아는지 모르는지 아무런 내색을 하지 않았던 착한 남편, 그래서 더욱 다가가려 했지만 한 치도 가까이 가지 못하고 늘 제자리걸음만 하는 나를 조용히 지켜볼 수밖에 없는 가여운 사람. …

… 인현 11

20년 후 어느 날, 아버지가 위독하다는 연락을 받고 급히 병원으로 달려갔다. 아버지는 나의 도착 소식을 알고 주변을 병실 밖으로 물러나게 하였다. 그리고 얼굴 가까이 대드린 내 귀에 "아들아! 미안하고 고맙다"라고 말하시면서 내 손을 잡았다. "아닙니다! 오히려 제가 고맙습니다. 아버지의 책임감 있는 사랑으로 우리 현수가 훌륭한 사람이 될 수 있었습니다"라고 나는 말했다. 그 순간 아버지의 손에 힘이 풀리면서 눈가엔 가느다란 눈물이 흘러내렸다. …

… 인현 12

나는 시아버지의 말씀에 따라 어머님과 현수를 앞세우고 병실 문 밖으로 나왔다. 문을 닫는 찰라 시아버지와 남편의 대화가 어렴풋이 내 귓가에 들렸다. 그 순간 나도 모르게 복받쳤던 눈물이 주체할 수 없이 흘러내렸다. 그분을 향한 나의 마음이 파노라마처럼 펼쳐졌다.

내가 시아버님을 그토록 좋아했던 이유는 나의 출생 배경과 관계가 있다는 생각이 든다. 나의 어머니는 미혼모셨지만 젊은 시절 자신을 절제하지 못해서 그런 것은 아니었다. 학창 시절 낮에는 아르바이트를 하면서 야간대학에 다닐 정도로 건전하고 학구열이 높은 사람이었다. 다니던 직장에서 성실성을 인정받았고 미모까지 겸비했기 때문에 최고위층 비서실로 발탁되었다. 하지만 그게 화근이 된 것이다. 회장의 결혼한 외아들에게 대를 이을 아들이 없었다. 어머니를 지켜보던 회장은 의도적으로 잘해주고 재정적 지원도 아끼지 않는 과분한 대우로 어머니의 환심을 산 후 어머니에게 '씨받이' 역할을 요청했다. 처음에는 거절하였던 어머니도 그때까지 받은 호의를 저버릴 수 없었으며 대를 잇지 못해 안절부절못하는 회장댁이 안쓰러워 그 요청을 수락했다고 한다. 그렇게 해서 어머니가 나은 자식은 바라던 아들이 아니라 딸이었다. 나는 회장댁의 족보에 입적되기는커녕 어머니가 키워야 할 평생의 짐이 되었다. 어머니는 부양비조로 받은 부동산과 약간의 돈을 밑천으로 장사를 하여 경제적으로 안정된 생활을 할 수 있었다. 하지만 나에 대한 미안한 마음으로 평생 동안 결혼을 하지 않고 나의 뒷바라지에 전념하였다. 이러한 환경에서 자란 나는 '아버지의 사랑'은 한 번도 받아본 적도 없고 오히려 가부장적인 가정에 대한 거부감마저 생겼다. 그러던 중 '영문회'에서 알게 된 시아버지로부터 처음으로 아버지 같은 느낌을 받았으며 그분을 사랑하게 되었다. 그때부터 이 시점까지 시아버지에 대한 나의 마음은 전혀 변하지 않았다. 내가 그분을 좋아하고 사랑했던 것은 그분의 육체가 아니라 깊고 넓은 마음과 고귀한 정신세계였다. 나의 모든 핸디캡을 덮어주고 감싸안아준 그분, 나를 며느리로 받아줌으로써 어머니에 이어 딸도 미혼모라는 대물림을 끊어준 당신께 나의 영혼이라도 바치고 싶다. •••

••• 후기(後記)

장례를 마친 후 아버지의 유품을 정리하다가 금고 속에 놓여 있는 편지 봉투 하나를 발견했다. 어머니와 가족 모두가 지켜보는 가운데 조심스럽게 개봉한 봉투 안에는 다음과 같은 글이 적혀 있었다.

내가 다녀간 의미

오늘도 많은 사람들이 태어나고 또 많은 사람들이 죽는다. 모든 사람들이 그렇듯이 나도 자신의 존재에 대해 인식하지 못한 상태로 태어났다. 어느 날 내가 누구인가를 생각해보니 시골에 있는 중학교의 1학년 학생이자 대가족의 막내였다. 그 무렵은 부모님이 많은 자식들을 교육시키는 과정에서 늘어난 빚 때문에 큰 집을 팔고 작은 집으로 이사를 해야 했던 시기였다. 등록금 납입 시기를 넘겼다는 이유로 서무실로 불려가 두 팔을 들고 벌을 서야 했던 매우 어려운 때였다.

주변에서는 '너무 낙담하지 마라. 공부만 잘하면 나중에 출세하여 큰 빌딩도 사고 보란 듯이 잘살 수 있다'라는 말로 나를 위로해주곤 하였다. 지금에 와서 생각하면 참 고마운 분들이라는 생각이 든다. 하지만 당시 나는 출세와 돈을 위해 공부를 열심히 해야겠다고 마음먹지 않고 대신에 돈의 가치를 격하시킴으로써 심리적인 안정을 찾고자 했다. 죽을 때 가지고 가지도 못할 돈, 다만 그것이 없으면 생활하는 데 힘이 들고 불편해지는 것 정도로 여기려고 노력했다.

그 후 고등학교와 대학을 마치고 취업을 하게 되었다. 직장생활은 내가 하고 싶은 일이라기보다는 내가 해야 할 일이자 남들도 하고 있는 일이었다. 어차피 벗어나지 못할 상황이라면 즐겁게 하자라는 마음을 굳게 먹고 부단히 노력했다. 그 결과, 성과는 좋았고 보람도 있었으며 직장에서도 나를 인정해주었다. 하지만 항상 마음에 걸린 것은 직장생활에 비해 소홀히 했던 가정이었다. 그 점에 대해서는 아내와 너희들에게 미안하기 그지없다.

손자 현수가 초등학교에 입학하던 해였다. 당시에 나는 정부의 고위직과 민간회사의 고문 자리를 제안받았다. 하지만 심각한 고민 끝에 모두 고사하고 명예퇴직을 신청하였다. 그 자리는 내가 아니더라도 하고 싶어 하는 사람들로 넘쳐났으며 또 잘할 분들이 많이 있다고 판단했기 때문이었다. 그 대신에 내가 아니면 어느 누구도 하지 못할 일을 선택하기로 했다. 현수와 초등학교 1학년에서 고등학교 3학년까지 학습과정을 함께하면서 학교와 학원에서 배울 수 없는 것을 보충해주기로 했다. 최소한 현수가 고3 때까지는 대학의 학과와 진로를 자율적으로 선택할 수 있는 판단력과 역량을 키우는 데 도움을 주고 싶었다. 나는 그러하지 못했지만, 대학을 갈 것인가 말 것인가, 간다면 무슨 학과를 선택하여 어떠한 공부를 하고 어떻게 사회에 기여할 것인가, 그리고 어떠한 선택이 자신을 진정 행복하게 할 것인가에 대하여 현수 스스로 판단하여 결정할 수 있게 해주고 싶었다.

현수는 나의 기대 이상으로 잘해주었고 우리나라 최초의 인문 · 사회과학 분야 노벨상수상자라는 영예도 안게 되었다. 큰 상을 수상한 것보다는 현수가 중고등학교 시절에 쌓아온 인문학적 배경을 바탕으로, 지속적으로 내면화시켜온 휴머니즘을 실천한 데 대하여 높은 평가를 하고 싶다.

〈적과 흑〉의 작가 스탕달은 〈연애론〉에서 사랑의 유형으로 열정적인 사랑, 취미적인 사랑, 육체적인 사랑, 허영적인 사랑 등을 제시하였다. 나름대로 일리가 있는 분석이라고 생각하지만, 나는 나이가 들

수록 사랑은 책임이라는 생각이 들더구나. 아울러 '받는 사랑'과 '주는 사랑' 간의 균형에 대한 자각, 즉 주는 사랑의 간절한 마음과 정성이 받는 사랑에서는 제대로 평가받지 못하는 경향이 있다는 것을 깨닫게 되었다.

마지막으로 내 인생은 행복한 것이었다고 생각한다. 돈 많이 벌고 싶고, 권세를 누리고 싶어 하는 인간의 본성으로부터 완전히 자유로울 수는 없었지만, 대부분의 사람들이 무심코 추구하는 그것들이 내 삶과 행복과 관련하여 무슨 의미가 있는가에 대해 끊임없이 고민해왔으며 어떠한 일도 수단으로 하지 않고 그 자체가 목적이라는 생각을 가지려고 노력해왔기 때문이다. 나는 많은 행복을 느끼고 간 운 좋은 인생을 살았던 것 같다.

무엇보다도 운이 좋았던 것은 단 한 번뿐인 내 인생에서 너희들을 만날 수 있었다는 사실이다. 인연을 구성하는 수많은 시간과 공간의 교차점 중에서 우리가 가족이라는 지점에서 함께할 수 있어서 더없이 행복했으며, 그 기회를 주신 신께 감사드린다. •••

17. 승자의 요구사항

인정 씨

우리의 2인 3각 여정이 막을 내렸군요. 처음에 이어 글짓기를 구상할 때만 해도 서로 다른 두 사람이 어떤 의논도 하지 않고 글을 이어간다는 것이 과연 가능할지 의문스러웠습니다. 그런 생각을 하면서 제안을 했느냐고 되묻지 말아주세요. 아무튼 이렇게 글 한 편을 완성했으니 그 의문은 풀린 셈입니다. 작전타임까지 신청하며 고민해준 인정 씨의 정성에 깊이 감동했습니다.

자, 이제 만족도 점수를 한번 볼까요? 기왕 이것을 전제하였으니 말입니다. 인정 씨가 88%, 내가 86%로 인정 씨가 앞섰네요. 인정 씨가 승리하게 된 것을 진심으로 축하드립니다. 패자인 저는 승자가 제시한 요구사항을 성심성의껏 받아들일 것을 다짐합니다.

변명같이 들릴지는 모르지만, 나의 패인은 능력도 되지 않으면서 너무 과감하게 새로운 시도를 했다는 것입니다. 즉, 근자에 프랑스에서 유행한 누보 로망 작가들의 흉내를 낸 것이 결정적인 패착이라는 생각이 드네요. 그들은 전통소설에서 흔히 사용하는 비유와 은유를 거부하고 문장 속에서 형용사를 사용하지 않고서 객관적인 현상만 기술하는 보고서 같은 소설을 시도했지요. 알랭 로브 그리예라는 작가는 〈질투〉에서 사건, 인물, 배경에 대한 설명을 배제하고 남편의 시선만 뒤쫓아 글을 끌고 갑니다. 그러면서도 주인공이 사로잡혀 있는 질투의 감정을 느끼도록 하지요. 내가 홀수 번 글들에서 해보려고 했던 것도 그런 것이었답니다. 습작도 해보지 않은 내가 선부르게 멋이나 부린 건 아닌지 머쓱합니다.

다시 한 번 축하드리며 이만.

현명

***

현명 씨께

먼저, 제가 이겼다니 기쁘군요. 저 나름대로 최선을 다했지만, 이것을 제안한 현명 씨 글 솜씨가 보통이 아니어서 말입니다. 하지만 현명 씨가 쓴 '인현 9'에서 분량이 초과되어 감점을 받은 것이 승부에 결정적인 영향을 미치지 않았나 생각합니다.

이제 승자의 요구사항을 들어주셔야죠. 상당히 어려운 것이랍니다.

'온라인상에서 저 말고 다른 여성과 교류하지 않기.'

물론, 이 요구사항을 일일이 체크할 방법이 없어 구속력이 얼마나 될지 모르지만 그래도 약속은 약속이잖아요.

승자의 요구사항이 현명 씨에게 큰 부담이 되기를 기대하며, 대신 미안한 마음은 제가 지겠습니다. 그럼.

인정

18. 순애보

인정 씨

오늘은 부부 사이의 사랑에 대해 이야기해볼까 합니다.

부부는 무촌(無寸)입니다. 내 몸에서 나온 자식과도 1촌이니 아내랑 나는 무척 가까운 사이입니다. 또 뒤집어 생각하면 생판 남이기도 합니다. 제도상으로도 이혼한 부부는 남입니다.

미국에서 공부할 때 나이 든 미국인 급우에게 가족에 대해 물었더니 '이혼했다'고 선뜻 대답하더군요. 강사 한 분도 자기는 오리건 주에서 살고 싶은데 아내는 캘리포니아 주에서 살고 싶다고 해서 이혼했다고 했습니다(이해하기 힘든 이유 아닌가요?). 이곳 프랑스에서도 1년에 13만 쌍이 이혼한답니다. 대부분 상대방의 부정이 그 이유라더군요.

우리나라도 이혼율이 높아졌다지요. 결혼식 주례사가 마무리될 때쯤이면 등장하는 '검은 머리가 파뿌리가 될 때까지, 신이 두 사람을 갈라놓기 전까지는'을 실천하는 부부가 줄어들고 있다는 얘기죠. 설령 이혼에까지 이르지 않았더라도 자꾸 덧나기만 하는 상처를 감추거나 악화되는 감정을 억누른 채 명색만 남편과 아내로 사는 부부도 많을 겁니다. 한 사회조사기관이 설문조사를 했대요. 질문은 '다시 태어난다면 현재의 남편(또는 아내)과 다시 결혼하겠느냐?' 결과, '그렇다'라고 답한 비율에 있어서 남자가 여자보다 월등히 높았다고 합니다. 가부장적인 가정문화에서 남편들의 아내에 대한 배려가 부족해서 그렇지 않나 하고 생각했습니다.

부부 사이에도 권력은 존재합니다. 노년기로 접어들면서 남편의 입지는 점점 줄어들고 아내의 목소리가 커진다고들 하잖아요. 그러한 현상을 풍자하는 우스갯소리 몇 개를 알고 있습니다.

"아내가 곰국을 끓이면 남편은 불안해한다. 자신을 혼자 두고 멀리 여행을 떠나지 않을까 하는 두려움에서다." "아내가 이삿짐센터의 트럭을 부르면 얼른 트럭기사 옆자리에 탄다. 자신을 놔두고 혼자 이사가버릴지 모른다는 두려움 때문이다."

남편들의 자괴감 섞인 우스갯소리를 반격하는 아내들의 우스갯소리도 있습니다.

"어느 노부부가 이스라엘로 여행을 떠났다. 여행 도중 할머니가 사망했다. 이스라엘 경찰이 검안을 마치고 자연사라는 확인서를 떼어주면서 장례와 관련하여 두 가지 옵션을 제시했다. 이스라엘에서 장례를 치르면 50달러고 한국으로 운구를 하면 5,000달러를 내야 한다는 것이다. 한참 생각에 잠겨 있던 할아버지는 돈이 많이 들더라도 한국에서 장례를 치르겠다고 했다. 이스라엘 경찰이 존경 어린 눈빛으로 할아버지를 쳐다보며 '부인을 정말 사랑했나 보군요' 하고 말했다. 할아버지는 헛기침 한 번 하지 않고 이렇게 답했다. '아니요! 여기서 장례를 치렀다가는 아내가 3일 만에 부활할까 봐!'"

이러한 세태풍자는 피상적인 부부관계만을 들추는지 모르지만 한

편으로 절망적임을 보여줍니다. 그래서 부부의 지고지순한 사랑, 즉 '순애보'는 듣는 이에게 가득한 감동을 줍니다.

'어느 사랑의 역사'라는 부제가 붙은 앙드레 고르의 〈D에게 보낸 편지〉가 그렇습니다. 앙드레 고르는 글을 쓴 심경을 "우리가 함께한 역사를 돌이켜보면서 나는 많이 울었습니다. …… 우리 두 사람의 삶에서 가장 중요한 부분이 우리의 관계이기 때문입니다. 나는 이 글을 대중을 위하여 쓰지 않았습니다. 오로지 아내만을 위하여 썼습니다"라고 밝힙니다.

••• 오스트리아 출신의 사상가이자 언론인 앙드레 고르는 16세에 독일군에 징집되는 것을 피해 스위스를 거쳐 파리로 이주하였다. 파리에서 기자생활을 하면서 생태주의와 노동이론의 선구자로 알려졌으며, 사르트르로부터 '유럽에서 가장 날카로운 지성'이라는 평가를 받았다. 아내 도린은 영국 출신으로 스위스를 거쳐 프랑스로 망명하는데 스위스 로잔에서 고르를 만나 결혼한다. 그때 고르는 24세, 도린은 23세였다. 계부 아래서 사랑받지 못했던 어린 시절의 경험에도 불구하고 사교적이며 밝은 도린은 고르를 도우며 헌신적으로 결혼생활을 한다. 1983년 아내 도린이 치명적인 병을 얻자 고르는 모든 사회활동을 접고 시골집으로 이사하고 직접 텃밭을 가꾸며 20여 년간 정성 어린 간호를 한다. 2007년 9월 침대 곁에 "화장한 재를 둘이서 함께 가꾼 집 마당에 뿌려달라"는 유언을 남기고 동반자살을 했다. 그때, 고르는 83세, 도린은 82세였다. •••

말 그대로 순애보의 사랑을 지속했던 그 부부의 자살 소식은 세계인의 심금을 울렸다고 합니다. 〈D에게 보낸 편지〉는 그들이 죽기 3년 전에 썼던 것으로, "만약 당신이 나보다 먼저 죽는다면 세상은 텅 빌 것이고 나는 더 살지도 않으려네. 우리는 둘 중 한 사람이 죽고 나서 남은 사람이 혼자 살아가는 일이 없기를 바라네"라는 유서에 가까운 글을 남겼다고 합니다.

웃음은 겉으로 품어져 나와 너무 쉽게 잊혀지고, 슬픔은 속으로 감겨 들어가 폐부를 휘감아 돌면서 긴 여운을 남기네요.

현명 드림

19. 센 강 유람선과 다리

인정 씨

오늘은 파리를 관통하는 센 강과 강이 갈라놓은 시내를 연결해주는 다리에 관한 이야기를 해보겠습니다.

이곳으로 옮기기 전에 서울에서는 한강이 잘 보이는 아파트에서 살았습니다. 처음 그 집을 보러 갔을 때, 집주인은 응접실이나 안방보다 먼저 작은방으로 저를 데려갔습니다. 한강이 내다보이는 창은 새로 해 넣고 잘 닦았는지 시야를 가리는 것이 없었습니다. 새삼 눈이 씻기는 것 같은 조망이었습니다. 바로 계약했고 이사를 했습니다. 하지만 한강이 보이는 그 방은 딸아이가 쓰게 되었답니다. 내심 서재로 쓰고 싶었지만 말입니다. 이사하던 날 그 방을 들여다본 딸아이가 나만큼이나 그 조망에 마음을 빼겨 자기 방으로 쓰겠다고 우겼거든요. 뭐, 사춘기 때이니 감수성이 풍부해질 수 있는 여건을 마련해주는 것도 좋겠다고 생각했습니다.

처음에는 딸아이가 방을 비울 때 가끔 들어가 한강과 그 위를 다니는 배들을 건너다보곤 했죠. 하지만 새로 이사한 집에 적응할 무렵부터는 아파트 앞 동이 보이는 거실에서 주로 시간을 보냈습니다. 파리로 이사 오기 위해 그 집을 나올 때 다시 한 번 그 창가에서 서서 한강을 내려다보았지만 그리 감동적이지 않았어요. 집 밖의 조망에 대해서는 집 보러 갔을 때, 이사 가서 하루 이틀, 그리고 이사 나오기 직전에 보는 게 전부라고 하던 우스갯소리 그대로였던 셈이지요.

하지만 파리에서는 전혀 달랐습니다.

매일 아침저녁으로 창밖으로 미라보 다리와 그 밑으로 흐르는 센 강, 그리고 지나다니는 배를 보았습니다. 어떤 때에는 창가에 어깨를 기대고 멀리 보이는 에펠탑의 불빛을 구경합니다. 그때 기분은 한강을 바라볼 때와 전혀 다릅니다. 아파트와 센 강 사이에는 올림픽대로 같은 큰 장애물이 없고 강폭이 100미터 내외여서 건너편이 자세히 보입니다. 특히 강은 아름다운 건물들과 기념물들을 배경으로 유유히 흘러 내려가기 때문에 위협적이지 않고 오히려 정감이 넘칩니다. 마침 식당을 겸한 유람선 한 척이 센 강 위를 지나가고 있습니다. 배에 타고 있는 사람 중에는 식사를 하는 사람도 있고 껴안고 춤을 추는 사람도 있네요. 나도 저들 속에 있다면 좋을 텐데요.

••• 나는 드디어 알마 막소역 부근에서 '바토 뮤슈'라는 유람선을 탔습니다. 배가 물살을 가르고 서서히 출발하자 야간 조명을 받은 유서 깊은 건축물들이 눈에 들어왔어요. 앵발리드의 에스플라나드에 이어 가장 화려한 다리로 알려진 알렉산더 3세 다리가 보였어요. 처음에는 이 다리가 마케도니아의 왕 알렉산더와 관계가 있는 것으로 생각했는데 전혀 달랐어요. 알렉산더 3세는 러시아 황제로 1892년 프랑스와 군사조약을 맺는 등 프랑스와 협조를 많이 했죠. 그의 이름을 딴 이

다리는 1900년 만국박람회를 위해 건축되었는데 선박의 운항을 쉽게 할 수 있도록 단일 철골 아치로 설치되었다고 해요. 상부 난간에는 금색의 장식물들이 가로등 조명을 받아 더욱 빛이 나고 있었습니다.

유람선이 센 강의 굽이를 따라 약간 오른쪽으로 방향을 잡자 왼편으로 콩코드 광장의 오벨리스크가 보였어요. 높이가 23미터나 되는 그 탑은 기원전 1300년 전에 태양신을 숭배하기 위해 만들어졌는데 이집트의 왕이 프랑스에 선물했답니다. 옮기는 데에만 5년이 걸렸다고 하네요. 콩코드 광장은 루이 15세를 기리기 위해 1750년대에 건설되었으며, 1795년 이후 현재의 이름으로 불리고 있지요. 프랑스혁명 당시 이 광장 끝부분에 설치된 단두대에서 수많은 사람들이 처형되었다고 합니다.

유람선이 강을 거슬러 직진을 하자 오른편에는 오르세 미술관이 보이고 왼편에는 튈르리 공원에 이어 루브르 박물관이 나타났어요. 여름철에는 바로 이 구간의 강변에 백사장과 종려나무, 수영장이 등장하지요. 파리 시에서 2002년부터 엄청난 양의 모래를 운반해 와 강변에 백사장을 조성하여 지중해 연안으로 휴가를 가지 못하는 시민들이나 관광객들에게 해변의 정취를 느낄 수 있도록 한 것이라고 해요. 바로 '파리 플라주(파리 해안)' 프로젝트인 것이지요. 첫해 200만 명이 찾았고 다음 해 폭염으로 300만 명이 몰린 이후 지속적으로 사랑을 받고 있어요.

루브르 박물관 맞은편에는 국립 미술학교가 보였으며 정면에는 초라하게 보이는 다리가 눈에 들어왔어요. 퐁 데 자르, '예술의 다리'지요. 자동차 통행이 금지된 인도교인데 독일 점령기에 레지스탕스들이 체포와 죽음을 무릅쓰고 비밀접선을 하였다고 해요. 지금은 사진이나 그림이 전시되기도 하고 젊은이들이 포도주를 마시고 노래와 춤을 즐기는 공간으로도 활용되고 있지요. 이 다리의 철제 난간에는 젊은 연인들이 채워놓은 수많은 자물쇠가 있는데 마치 인정 씨가 소개해준 서울타워의 자물쇠처럼 꽉 채워져 있더군요. 이곳에서는 자물쇠를 채우고 그 열쇠는 센 강에 버리지만 서울 남산의 타워에 채워진 자물쇠의 열쇠는 산속에 버리겠다는 상상을 해보았지요. 물론 물속에 버려진 열쇠가 산속에 버려진 열쇠보다 찾기가 더 어렵겠지만, 이별 여부는 열쇠보다는 서로의 마음에 달려 있지 않을까요? 이 다리에서 루브르 박물관으로 들어가면 16세기에 축조된 건물들로 둘러쌓인 엄청나게 넓은 마당이 있죠. 박물관 입구인 유리 피라미드와 반대편에 있는 공간으로 관람객이 넘쳐날 때에는 대기행렬이 그곳까지 늘어서지요.

예술의 다리를 지나자 갑판에 조명등을 탑재한 어마어마한 크기의 항공모함 한 채가 어둠을 뚫고 다가오고 있었어요. '무장도 하지 않은 유람선을 향해 항공모함이 나타나다니!' 하고 긴장했지만 이내 경탄으로 바뀌었답니다. 바로 시테 섬이었지요. 파리는 이 시테 섬에서 시작했다고 해도 과언이 아닐 정도로 역사가 깊은 지역이지요. 이 섬 안에는 노트르담 성당, 파리 법원, 세계에서 가장 아름다운 스테인드글라스를 갖고 있다는 생트 샤펠 성당, 14세기에 세워진 신고딕 양식의 건물이자 최초의 형무소로 알려진 콩시에르주리 등이 있습니다.

유람선은 시테 섬 뒤의 생 루이 섬을 돌고는 강을 따라 내려가 출발 지점인 알마 막소를 통과하여, 반짝반짝 빛을 발하고 꼭대기에서는 서치라이트를 비추는 에펠탑을 지났지요. 낮에 보는 에펠탑과 밤에 보는 에펠탑, 그리고 유람선 위에서 보는 에펠탑이 제각각 다릅니다. 야간에 운항되는 유람선 위에서 보는 에펠탑은 마치 파리라는 박물관의 바다를 항해하는 탐사선의 길잡이 등대처럼 보입니다.

에펠탑을 지나친 유람선은 그리넬 다리 밑을 통과한 다음 미라보 다리를 먼발치로 한번 보고는 바로 강 한가운데에서 유턴을 하여 다시 출발 지점으로 향했죠. 그리넬 다리에서는 미국에 있는 '자유의 여신상'의 미니어처처럼 보이는 작은 여신상이 조명을 받고 있었지요. …

파리의 심장부를 눈요기한 다음 선착장으로 향하는 유람선에는 한국인을 포함한 많은 관광객이 타고 있었어요. 같은 배에 함께 탔는데도 의식하지 못했던 사람들의 존재가 유람이 끝날 때쯤 느껴지니까 괜히 가벼운 웃음이 나왔지요. 그들이 하는 말도 그제야 귀에 들어오더군요. 특히 한 한국인 관광객의 말, "야, 얼마나 자랑스러운가! 이 센 강 유람선에서 일본어 안내방송은 없는데 한국어로 안내방송이 나오다니! 대단하다! 우리나라 국력이 정말 대단하다". 나도 그분의 말에 동감했지요.

주요한 건축물이 나타나면 스피커를 통해 영어와 불어, 그리고 한국어 안내방송이 나왔어요. 정말 우리나라 사람인 게 자랑스럽습니다. 하지만 이곳 프랑스에서 한걸음만 더 깊이 들어가면, 우리가 더욱 분발해야 할 점도 느낄 수 있지요. 프랑스에는 한국어 오디오 가이드는 물론 한국어로 된 소개 전단지 하나 없는 중소 규모의 미술관과 박물관이 매우 많지요. 그곳에서는 일본어로 된 소개 전단지를 쉽게 찾아볼 수 있습니다. 우리나라가 명실상부하게 일본에 앞서려면 센 강의 유람선을 타고 에펠탑, 개선문, 루브르 박물관 위주로 잠시 둘러보고 휙 지나가는 수준을 넘어 중소 규모 박물관까지 둘러보면서 문화적 유사성과 차이점을 비교하고 음미하는 정도는 되어야 하지 않을까요!

센 강의 유람선을 타고 둘러본 파리 명소들은 어땠나요? 비록 수박 겉핥기식이지만 배멀미는 하지 않으셨는지 모르겠습니다.

현명 드림

***

현명 씨

센 강 주변의 주요 건축물들과 다리에 대한 소개 감사합니다.

마치 제가 유람선을 타고 있는 듯한 착각에 빠질 정도로 실감 났어요. 아울러 마지막에 지적한 '일본을 앞서기 위한 제언'은 가슴에 와 닿았어요.

저도 우리나라가 올림픽게임과 아시안게임뿐만 아니라 피겨스케이팅에 이르기까지 많은 스포츠 종목에서 일본을 앞서고 있는 현실에 대해 적지 않은 자부심을 가지고 있어요. 또한 특정 종목에서 일본에 패하는 날이면 분루를 삼키기도 하지요. 다음번에는 기필코 이기자는 국민적 정서는 TV를 통해서이지만 절실합니다. 하지만 노벨상 수상에서 일본에 크게 뒤져 있는 현실은 애써 외면하려 하지 않았는지 되돌아볼 필요가 있다고 생각합니다.

참, 강과 다리에 대한 소개를 받고 나서 몇 가지 연상되는 것을 말씀드립니다.

먼저, 6.25 때 한강대교가 폭파되어 미처 건너오지 못한 피난민들의 얼굴, 성수대교가 붕괴되어 한강으로 떨어진 학생들과 가족들의 절규하는 모습. 다리가 놓여 있지 않아 전차가 멈출 수밖에 없다는 '마포종점'의 정한은 은방울자매의 노래로도 잘 알려져 있지요. 끊어진 다리와 연결되지 않은 다리는 우리의 남북분단의 현실과 터키계와 그리스계로 분단되어 있는 사이프러스 섬도 떠올리게 하네요.

현명 씨와 저 사이에는 함께 알고 있는 미라보 다리가 있고 인터넷이라는 바다를 이어주는 이메일이 있어 무척 다행이에요.

그럼 좋은 한 주 되세요.

인정 올림

20. 베르사유 궁전과 루이 14세

인정 씨

지난 주말에 베르사유 궁전을 다녀왔습니다.

파리에서 약 18킬로미터 남서쪽에 위치해 있는 그곳으로 가기 위해 시외고속전철(RER)을 탔습니다. 내가 살고 있는 아파트에서 3분 거리에 있는 자벨역에서 베르사유 리즈 역까지. 기차를 탄 시간은 25분이 채 안 되었는데 오래간만에 하는 기차여행이라선지 참 아쉬웠습니다.

역에서 내려 사람들 틈에 끼어 걷다 보니 황금빛으로 장식된 펜스의 보호를 받고 있는 궁전 건물들이 자연스럽게 눈앞에 나타났어요. 화려한 외관부터 눈을 현혹시킨 건물이 바로 베르사유 궁전이었어요. 과거에 나무와 잡풀들로 무성했던 시골의 저지대에 앙리 4세의 아들 루이 13세가 나랏일의 부담에서 잠시 벗어나 사냥을 즐기고 휴식을 취하기 위해 작은 별장으로 이 궁전을 지었다고 합니다. 그 후 루이 14세가 당대에 유명한 건축가와 정원사를 동원하여 바로크 양식으로 증축하고 개축하였대요.

나도 오전 일찍 도착한 편이었으나 더 부지런한 사람이 많아서 벌써 긴 대기행렬이 늘어서 있더군요. 인포메이션 표시와 입장권 판매를 알리는 표지에 따라 좌측의 건물로 향한 줄에 이어 붙었습니다. 그리고 한참 지나서야 입장권을 손에 들고 광장으로 다시 나와서는 본관으로 향하는 긴 줄의 맨 마지막에 꼬리 물기를 했지요. 더디게 줄어드는 대기행렬 속에서 잠시 이런 생각을 했습니다. 베르사유 궁전에서 호화롭게 살다간 왕들과 왕비들, 넓은 공간에 화려하게 지은 건물에서 무도회와 파티를 즐겼던 귀족들, 하지만 오랜 세월이 흐른 후 그들이 살았던 공간을 보기 위해 적지 않은 돈을 지불하고 긴 줄을 서야 하는 관광객들에 대해서였죠. 관광객들은 주인공들이 떠난 후에도 화려한 무대와 소품들이나마 보고 싶어서 이곳을 찾는구나 하는 생각이 들었어요. 시간여행을 통해 그들을 만나보고 싶어서라는 생각도 해보았어요.

궁전 안에 들어서자 무료로 제공된, 정확히 말하면 입장료에 포함되어 무료로 제공되는 오디오 가이드가 있더군요. 한국어로 된 것도 있었어요. 그것은 대기행렬에 서서 지쳐가던 몸과 마음에 적지 않은 위로가 되었죠.

건물 안에 들어가서는 벽화와 천장화가 그려져 있는 방들을 옮겨 다녔습니다. 왕의 대전으로 쓰였던 풍요의 방, 비너스의 방, 다이애나의 방, 마르스의 방, 헤르메스의 방, 아폴론의 방. 무척 색다른 것이 인상적이었습니다. 왕이 신하들의 알현을 받았다는 아폴론의 방에서 루이 14세의 초상화를 보았어요. 그는 자신을 바라보는 사람을 내려다보는 듯이 정면을 향하고 있었습니다. 그는 그런 자기 모습을 거울에 비춰볼 때면 나르시스를 떠올렸을까요, 조금은 부담스러웠을까요?

다음으로 옮겨간 방이 공교롭게도 거울의 방이었어요. 장방형으로 70미터 정도 되는 방에는 대부분의 벽을 거울이 차지하고 있었으며 반대편 창문에서 비춰든 빛을 반사했습니다. 높은 천장에 드리워져 있는 샹들리에가 낮에는 장식으로 밤에는 어둠을 물리치는 변형된 형태의 요술램프로 그 자태와 유용성을 뽐내고 있는 듯했죠. 30여 점 정도의 천장화는 루이 14세의 업적을 묘사한 것이라고 합니다. 또 제1차세계대전 때에는 독일군에 승리한 연합국이 바로 이 방에서 베르사유조약을 체결했다고 하더군요.

거울의 방을 지나 왕비의 침실로 향했죠. 역대 왕비들이 열아홉 명의 왕자와 공주들을 출산했던 방으로 출산은 공개적으로 이루어졌다고 하네요. 요즘에는 산부인과에서 발과 발가락의 지문을 남기고 DNA 검사를 통해 친자 확인이 가능하지만, 당시에는 그러한 기술이 없어서 출산과정을 공개하도록 했나 봅니다. 침대는 생각했던 것보다 아담했고, 침대 옆으로 난 비상문 역시 그리 크지 않은 것이 당시 사람들의 체구가 그리 크지 않았나 봅니다. 그 비상문을 통해 마리 앙투아네트가 프랑스혁명 때 흥분한 시위대들을 피해 도망쳤다고 하더군요.

건물 안의 동선을 따라 입구 방향인 정동 쪽으로 꺾어서 10여 미터쯤 걸어가니 본관 중심에 위치한 왕의 침실이 있었어요. 통상 공공건물을 지을 때에는 한가운데에 성당을 짓는 것이 관행이었는데 루이 14세는 자신의 위엄과 위상을 드러내기 위해 이 침실을 정중앙에 배치하도록 했대요.

오디오 가이드에 귀를 기울이고 정신을 집중하여 한꺼번에 너무 많은 내용을 접하고 나니 피로감이 느껴졌어요. 그래서 발길을 정원으로 돌렸지요. 맑은 공기를 들이 마시고 푸른 하늘을 보니 역시 인공물은 자연을 당할 수 없다는 생각이 들었어요. 이제부터는 이성과 분석보다는 그냥 느낌으로 베르사유 궁전의 정원과 건물들을 즐기자는 마음이 생겼지요.

자전거를 빌려 타고 정원을 통과하여 대트리나농 궁에 도착했어요. 그곳은 루이 16세의 부인 마리 앙투아네트와 나폴레옹의 두 번째 부인 마리 루이즈가 사용했던 궁이에요. '사랑해서가 아니라 프랑스와 오스트리아 간의 정략적 필요에 의해 프랑스로 시집왔던 두 여인이 머나먼 이국땅 이곳에서 고국에 대한 향수를 달랬겠구나' 하고 생각했습니다.

그날은 하루가 저물어갈 무렵에서야 비로소 거대한 인공 시설물들의 화려함에서 시작하여 자연의 소박함으로 끝나는 베르사유 궁전을 둘러보는 긴 여정을 마쳤습니다.

본 것이 워낙 많아 이것저것 적다 보니 꽤 길어졌습니다.

현명 드림

* * *

현명 씨

제가 파리에 갔을 때 잠시 점을 찍고 지나갔던 베르사유 궁전에 대해 그렇게 상세히 설명해주셔서 고마워요. 단어 하나하나에 밑줄을 그어가며 천천히 읽으면서 '이런 내용을 사전에 알고 갔다면' 하는 아쉬움도 있었습니다.

참, 베르사유 궁전과 관련하여 한 가지 떠오른 것이 있어요. 모대학 H교수의 강연 내용이에요.

··· 여러분이 이집트에 가보시면, 저는 못 가봤지만, 스핑크스가 있습니다. 그걸 딱 보면 어떤 생각을 할까요? 중국에 가면 만리장성이 있습니다. 아마도 여기 계신 분들은 거의 다 이런 생각을 하셨을 것입니다. '이집트 사람, 중국 사람들은 재수도 좋다. 좋은 선조 만나서 가만히 있어도 세계의 관광 달러가 모이는구나!'

여기에 석굴암을 딱 가져다놓으면 좁쌀보다 작습니다. 우리는 뭐냐. 이런 생각을 하셨지요? 저도 많이 했습니다. 그런데 역사에 관심을 가지다 보니까 그러한 유적이 우리에게 없는 것이 얼마나 다행인가 싶습니다. 베르사유 궁전같이 호화찬란한 궁전이 없는 것이 얼마나 다행인가 싶습니다.

여러분, 만약 조선시대에 어떤 왕이 베르사유 궁전 같은 것을 지으려고 했으면 무슨 일이 났겠습니까? 피라미드를 짓는 데 30만 명을 동원해서 20년 걸렸다고 가정을 해보죠. 그 왕이 '국민 여러분, 조선 백성 여러분, 내가 죽으면 피라미드에 들어가고 싶습니다. 그러니 여러분의 자제 청 · 장년 30만 명을 동원해서 한 20년 노역을 시켜야겠으니 조선 백성 여러분, 양해하시오' 그랬으면 무슨 일이 났을 것 같습니까? '마마, 마마가 나가시옵소서' 이렇게 되지 조선 백성들이 20년 동안 그걸 하고 앉았겠습니까? 안 하지요. 그러니까 우리에게는 그러한 문화적 유적이 남아 있을 수 없습니다. ···

저는 그 강연을 들으며 우리나라 역사에 대한 자랑스러운 면을 발견하고 카타르시스를 느꼈습니다.

인정 올림

21. 내가 만난 외교관

인정 씨

프랑스 파리에는 우리나라가 회원국인 국제기구가 두 개 있습니다. 경제협력개발기구와 유네스코랍니다. 경제협력개발기구(OECD)는 일명 선진국 클럽이라고도 부르는데 미국, 영국, 프랑스, 일본 등 37개 나라가 가입되어 있고, 유네스코에는 195개 국가가 회원국으로 등재되어 있어요.

우연한 기회에 주경제협력개발기구(OECD)대표부에 근무하는 주재관과 만난 적이 있습니다. 오늘은 그를 만나고서 공무원에 대해 새롭게 느낀 점이 있어 소개합니다.

그는 주경제협력개발기구에서 회원국을 대상으로 실시한 국제학업성취도 평가(PISA)결과를 소개해 주었어요.

수학, 과학에 있어서 우리나라 학생들의 성취도는 매우 높았지만 흥미도는 하위권이라고 했어요. 입시 위주의 교육으로 인한 결과라는 그의 생각도 덧붙였어요. 아울러 부모의 사회경제적 지위가 높은 학생과 그렇지 않은 학생 간의 학업성취도 격차가 2006 조사 때보다 2015년에 더 커졌다고 했어요.

참, 이 제도는 의무교육의 종료시점에 있는 만 15세 학생들의 읽기 · 수학 · 과학적 소양의 성취수준을 평가하는 것이에요.

그는 우리나라 교육문제는 대학입시라는 블랙홀 앞에 대부분의 국민들이 죄수의 딜레마에 빠져 있어 생겨난 것이라고 진단했어요. 해결책으로 단순반복형 대학입시 위주의 교육에서 4차 산업혁명시대에 대비하여 창의력과 상상력이 풍부한 교육으로 패러다임을 과감하게 전환해야 한다고 주장했어요. 실현방안으로 초등학교 1학년에서 중학교 2학년 때까지 8년의 기간 동안을 대상으로 해야 한다고 강조했어요. 어차피 대학입시에 올인해야 할 중학교 3학년에서 고등학교 3학년 때까지는 누가 뭐라 해도 먹혀들지 않을 것이라는 현실을 감안한 것이라고 했어요.

그와 이야기를 나누고 나서 우리나라 공직자 하면 떠올렸던 부정적인 상을 상당히 지울 수 있었습니다. 더불어 다른 직업에 종사하는 사람과 더 많이 만날 기회가 있었으면 좋겠다고 생각했습니다.

인정 씬 어때요?

현명

ps. 그가 추가하여 전해준 소식으로, 최근 프랑스를 방문한 대한민국 대통령은 "한국과 프랑스는 혁명으로 민주주의를 발전시킨 빛나는 역사를 가지고 있다"면서 "프랑스 대혁명은 인류의 마음에 자유 · 평등 · 박애를 새겨 넣었고 촛불혁명은 가장 아름답고 평화로운 방법으로 한국의 민주주의를 지켰다"고 말했다고 해요.

이어 "교민 여러분도 프랑스에서 촛불 많이 드셨죠?"라고 묻자 참석자들은 일제히 "네"라고 대답했다고 합니다.

그는 이어서 방탄소년단(BTS)의 파리공연에 열광하는 파리의 젊은이들을 보고 정치적으로나 문화적으로도 대한민국이 자랑스러웠다고 말했어요. 아울러 프랑스에서는 마크롱 대통령의 부유세 폐지와 유류세 인상 정책을 반대하는 노란조끼 시위가 벌어지고 있다는 소식도 전해주었습니다.

* * *

현명 씨

이번에 받은 메일은 그동안 보내준 파리의 문화예술 이야기 못지않게 의미 있는 내용이었습니다. 우리나라가 이렇게 잘살게 된 것은 교육의 힘이 크다고 하잖아요. 오바마 전 미국대통령도 한국의 교육에 대해 높이 평가했지요. 하지만, 요즈음에 들어와서 우리나라 교육에 대한 회의적인 시각이 늘고 있는 것 같아요. 특히 입시제도가 복잡해지면서 부유층의 자녀들이 대학입시에서 유리한 고지를 차지하고 있기에 더욱 그런 것 같아요. 입시 정보를 얻기 위해서는 적지 않은 돈이 들어가잖아요. 최근 TV 드라마에서도 그러한 실상을 적나라하게 다루었어요. 모 종편에서 방영된 〈SKY캐슬〉이라는 드라마였어요. 의사 등 부유층이 모여 사는 고급 빌라촌에서 자녀들을 서울대 의대에 보내려고 '코디'라고 불리는 입시 전문가에게 고액을 들여 컨설팅을 받는 내용이 주를 이룹니다.

우물 안 개구리처럼 안주하고 있는 저에게 문화예술은 물론 교육에 대해서도 넓은 시야를 가질 수 있도록 해주셨어요. 감사합니다.

인정 드림

22. 파리의 묘지

인정 씨

오늘은 죽은 자들의 안식처인 묘지에 대해 이야기할까 합니다.

어린 시절에 묘는 낮과 밤이 달랐습니다. 낮에는 재밌는 놀이터였지만 밤에는 무서운 곳이었죠. 그때만 해도 놀이시설이 없어 뒷산 묘지는 공터나 다름없었습니다. 거기에서 편을 갈라 묘의 정상을 빼앗는 놀이를 했죠. 가끔은 묘지기나 묘의 후손이 나타나 줄행랑을 치기도 했습니다. 그리고 어두운 밤이면 그곳은 또 얼마나 무섭게 변하던지. 해가 져 어둑한데 심부름을 다녀와야 할 때 보고 싶지 않아도 자꾸 가는 눈길 저편에서 무엇이 나타나지 않을까 마음 졸였습니다.

성묘 때는 아버지와 형들을 따라가 조부와 고조부, 그보다 더 먼 조상들이 나랑 어떻게 얽혀 있는지 듣고 기억했습니다. 어른이 되어서는 국립묘지를 찾을 때도 있었죠.

여기 파리에 와서도 묘를 찾게 됩니다. 이곳에 와 산 날짜에 비하면 훨씬 자주 찾는 것 같네요. 피 한 방울 섞이지 않고 피부색도 다른 이들의 묘를 왜 이렇게 자주 찾는 걸까요? 비록 직접 연관된 것은 하나도 없지만 그 사람들이 살았던 삶 속에서 얻은 정신적인 유산이 나의 삶을 풍부하게 하는 밑거름이 되었기 때문이 아닐까요? 선배들이 살아가는 모습이 미래의 내 삶을 보여주는 것이듯 묘에 묻힌 그들을 생각하면서 죽은 뒤 나를 생각해볼 수 있기 때문이 아닐까요?

파리의 묘는 시내에 사람들 가까이 있습니다. 사르트르와 보부아르가 묻혀 있는 몽파르나스 묘지를 비롯하여 몽마르트 묘지, 페르 라셰즈 묘지 모두 파리 시내에 있습니다. 국가적 영웅들이 묻힌 팡테옹은 시내 한가운데에 있지요. 생활공간에서 먼 곳으로 분리하기보다는 삶의 한 부분으로 받아들인 것 같아요.

파리에 온 지 얼마 되지 않은 어느 휴일에 내비게이션의 안내를 받아 몽마르트 언덕을 찾아 갔답니다. 하지만 경찰이 차량 진입을 통제하고 있어 되돌아와야 했지요. 그때 우연히 알게 된 곳이 몽마르트 묘지입니다.

몽마르트 묘지는 비교적 넓었습니다. 입구에 묘지를 안내하는 지도가 있어서 한번 들여다보았는데 꼭 들렀다 가야겠다고 마음먹게 하는 이름을 발견했습니다. 바로 에밀 졸라였지요. 우리와 다른 모습으로 가꿔져 있는 수많은 묘들 사이에서 그의 묘를 찾기란 정말 어려웠습니다. 지도를 다시 한 번 확인하고 아까 가보았던 묘 사이를 다시 더듬기를 몇 차례나 했을까요. 단을 돋우고 세운 비석에서 에밀 졸라의 이름을 발견했습니다. 이미 죽어 땅속에 묻혔지만 좋아하는 사람 가까이 있다는 사실에 심장박동이 빨라지더군요. 몽마르트 언덕까지 올라가지 못한 게 그리 아쉽지 않았습니다. 나중에야 안 사실입니다만, 그곳 에밀 졸라의 묘는 팡테옹으로 이장되고 난 후 보존된 구묘였어요.

페르 라셰즈 묘지는 파리에서 가장 넓으며 많은 여행객들이 찾는 곳입니다. 나폴레옹 시절에 시내 한복판의 묘를 동쪽 외곽지역으로 이전했는데 당시에는 시내에서 꽤 먼 거리였으나 지금은 파리 시내와 가까운 거리지요. 그곳에는 초현실주의 시인 아폴리네르, 그의 연인이자 코코 샤넬의 초상화로 유명한 화가 마리 로랑생, 목이 긴 여인을 즐겨 그렸던 화가 모딜리아니, '자유 무용'을 창시하여 현대무용의 어머니로 불리는 맨발의 무용수 이사도라 덩컨, 장례식에 수십만 명의 조문행렬이 이어졌다는 샹송 가수 에디트 피아프, 〈마지막 수업〉과 〈별〉의 작가 알퐁스 도데, 팔레트에 물감을 섞어서 바르지 않고 점을 찍어서 그렸던 점묘법의 창안자 쇠라, 사실주의 소설가 발자크가 묻혀 있습니다. 두 딸을 사교계에 진출시켜 귀족부인을 만들기 위해 전 재산을 써버리고 하숙집에서 비참하게 죽어가는 고리오 영감을 기억하십니까. 하숙집 동료 청년 으젠느가 그 영감의 장례를 치러주는데, 바로 그 장소가 페르 라셰즈 묘지예요. 발자크는 자기 작품 속 주인공이 묻힌 묘지에 잠들어 있습니다.

발자크의 묘에서 〈고리오 영감〉을 기억하면서 우리 세태를 풍자하는 유머 하나가 떠올랐습니다.

••• 정년퇴직을 앞둔 사람이 현자를 찾아갔다. 그가 현자에게 구한 지혜는 퇴직금을 일시불로 받을지 아니면 매월 받는 연금으로 받을지에 대해서였다. 현자는 사정을 듣고 말했다.

"어느 방안을 선택하든지 문제가 생길 수 있습니다. 일시불로 받는다면 1~2년간은 아들과 며느리가 집에 자주 들르겠지요. 하지만 은행 이자보다 많이 쳐드린다는 이유로 목돈을 요구하면 당신은 그리 오래

버티지 못할 것이오. 얼마간은 높은 이자를 받겠지만, 그 후로는 장담하지 못하겠소."

"그러면 연금으로 받으면 되겠네요!"

"음, 매월 연금을 받은 날에 며느리가 손자를 데리고 문안인사를 오겠죠."

"아, 그렇다면 보고 싶은 손자를 매월 볼 수 있는 연금으로 선택하겠습니다. 그런데 문제란 뭔가요?"

"딱 한 가지 문제가 있지요. 당신이 나이 들어 더 이상 살 기력이 없어서 이제 죽었으면 하더라도 마음대로 죽을 수가 없지요."

"아니, 왜죠?"

"며느리 때문이라오. '한 달에 받는 연금액이 얼만데, 벌써 죽으면 어떡해요'라며 당신의 죽음을 방해할 것이니까요. 심지어 '내일이 연금 받는 날인데 오늘 죽으면 어떡해요, 하루만 더 버티세요!' 하면서 죽어가는 당신을 심하게 흔들지도 모르겠소." ···

'부모자식 간의 인륜보다 돈의 위력이 세다'는 발자크의 인간 본성에 대한 통찰과 어울리는 풍자라고 생각합니다. 최소한의 사회안전망인 연금제도지만 우리나라처럼 정에 얽매이고 '자식 이기는 부모 없다'는 풍토에서는 일시불 선택에 대한 우려가 강조되어 있네요.

참, 묘에 대해서 이야기하다가 묘한 이야기로 빠져버렸군요.

다음에 소개하는 곳은 파리의 묘지 중 국가 영웅들이 묻힌 곳인 팡테옹입니다.

당초 팡테옹은 루이 15세가 자신의 신병이 치료되기를 기원하는

지나가버린 옛날 나는 꿈을 꾸었어요. 그때는 희망이 가득하고 삶은 살 만한 가치가 있었죠.
사랑은 결코 죽지 않으리라 꿈꾸었고, 신은 자비로울 거라고 꿈꾸었어요.
그때 난 젊고 겁이 없었죠.
- 뮤지컬 레미제라블 〈I dreamed a dream〉에서
(그림 : 국립묘지 팡테옹)

뜻에서 교회로 건축했어요. 나라 재정이 부족하여 복권까지 발행하여 건축을 시도했는데 도중에 설계자 수플로가 사망하자 그의 제자가 이어받아 완공했답니다. 이탈리아 로마의 팡테옹을 모델로 가로와 세로가 110미터고 높이는 83미터로 십자가 형태를 띠고 있지요. 처음에는 귀족들이 묻혔는데, 프랑스혁명을 거치면서 혁명 지도자 미라보와 마라가 묻혔다가 퇴출된 적도 있지요. 혁명 당시 혁명세력과 루이 16세 사이를 적절히 조정했던 미라보 장군의 집에서 루이 16세에게 받은 궤짝이 발견되자 그의 시신을 파냈지요. 1885년 빅토르 위고가 국장으로 묻힌 후부터 팡테옹이 국가 영웅의 묘지로 정착되었습니다. 〈삼총사〉와 〈몬테크리스토 백작〉의 작가 알렉산드르 뒤마, 에밀 졸라, 전직 문화부 장관이자 작가 앙드레 말로, 퀴리 부인도 묻혀 있지요. 또한 계몽주의 사상가로 프랑스혁명에 지대한 영향을 미쳤지만 혁명이 일어나기 전에 죽어서 역사적 현장을 함께하지 못한 볼테르와 루소도 묻혀 있습니다. 루소에 대한 나만의 특별한 소회를 밝힙니다.

••• 내가 다닌 고등학교는 스쿨버스가 있었다. 그때 스쿨버스에서 친해진 친구가 K군이다. 그는 등교할 때는 나보다 한 정거장 앞에서 타고 하교할 때는 나보다 한 정거장 뒤에서 내렸다. 나처럼 그도 시골 중학교를 나온지라 도시에서 쭉 공부한 아이들보다 여건이 좀 불리했다. 그래서인지 1학년 때는 두각을 드러내지 못하다가 좀 적응이 되었는지 2학년 때부터 무섭게 치고 올라와 상위권으로 진입했다. 취약했던 수학을 보충하기 위해 열심히 문제를 풀었고 잘 모르겠으면 나에게 물어보기도 하였다. 그때 우리는 같이 하교하면서 꽤 많은 이야

기를 하였다.

그 친구와 했던 이야기 중에서 또렷하게 기억하는 것이 장 자크 루소의 〈인간 불평등 기원론〉과 〈에밀〉이다. K는 '인간의 불평등은 소유권제도에 기인한 것'이라고 말하면서 '사회가 형성되기 전 자연 상태의 인간은 행복하고 평등하였는데 사회가 등장하면서부터 빈부격차가 생겼으며 부자들이 법을 만들고 권력을 가지게 되어 지금과 같은 불평등한 사회가 되었다'는 루소의 주장을 인용했다. 또 그는 인간 불평등의 기원은 '탄생'한 장소 그 자체라고도 했다. 인간이 어느 지역(유럽, 아프리카 등)에서 태어났는지, 누구의 자식인지에 따라 경제적으로 불평등하게 되어 있다고 말했다. '왕의 아들로 태어나면 왕이 될 가능성이 많고, 재벌의 아들로 태어나면 재산과 회사를 물려받을 가능성이 높은 현실이 그렇다'고 하면서.

나는 에밀이라는 고아를 이상적인 가정교사가 교육시키는 과정을 묘사한 〈에밀〉에 대해 이야기했다. 인간의 본성이 착하다는 성선설의 원칙에 따라 단계적으로 교육을 시켜야 한다는 루소의 주장에 동의했다. '먼저, 어린 시절에는 과도한 개입보다는 천성에 충실하도록 허용해야 한다. 다음으로 운동을 통해 신체를 단련시키고 감각 훈련을 시킨다. 세 번째로 물리, 지리를 중심으로 지적이고 실용적인 직업 훈련을 시킨다. 열다섯부터 스물까지는 도덕성, 사회성 교육, 평등, 정의를 가르치고 허영, 질투, 증오와 같은 부정적인 내용은 피하도록 한다'는 그의 주장을 소개하고 의견을 교환했다. •••

지금 생각해보면 자기 생각이라기보다 책을 읽으며 와 닿았던 부분을 그대로 옮긴 것에 불과하지만 꽤 조숙했던 것 같습니다. 또 순수하기도 했고요. 취직이나 돈 버는 일 따위는 꿈에도 신경 쓰지 않고 몰입했던 시기는 그때 말고는 없다고 생각합니다.

메일을 쓰다가 잠시 건너다본 센 강은 여전히 흘러가고 있네요. 강물을 거슬러 시간 여행과 공간 이동을 할 수 있다면 K와 함께 차 한 잔 나누며 지난 이야기를 하고 싶군요.

나의 감상이 더 깊은 연못으로 빠져들기 전에 메일을 마무리하겠습니다. 그럼.

현명 드림

ps. 나폴레옹은 앵발리드에, 그리고 역대 왕들은 생 드니 성당에 묻혀 있습니다.

***

현명 씨

고등학교 시절 친구분과 대화를 나누었던 루소의 〈에밀〉은 저도 즐겨 읽었던 책이에요. 지난번 메일에서 국제학업성취도(PISA)와 입시 위주의 교육에 대한 문제점을 지적한 드라마에 대해서 이야기했지만, 우리의 교육 현실을 〈에밀〉에 비추어보면 안타까운 점이 한두 가지가 아니라고 생각합니다. 유치원 때부터 시작된 선행학습이 고등학교 때까지 이어지고 대학에 가서는 숨 한번 돌리는 듯하다가 다시 취직을 위한 학점관리와 스펙 쌓기를 해야 하잖아요. 나도 예외는 아니어서 외아들 뒷받침하느라 정신없이 살아왔으니까요. 우리의 부모님 세

인간을 사회적인 존재로 만드는 것은 바로 그 약함이다.
우리의 마음에 인간애를 갖게 하는 것은 우리 모두가 공유하는 바로 그 비참함이다.
……그처럼 우리 자신의 나약함으로부터 우리의 덧없는 행복은 생겨난다.
-〈에밀〉에서
(그림 : 루소의 초상)

대는 모두가 가난했고 그 가난을 자식들에게는 대물림하지 않기 위해 교육열을 불태웠지요. 하지만 요즈음 교육열은 단순히 가난을 벗어나기 위한 것만은 아닌 듯 보입니다. 교육 전문가가 아니라 콕 집어 말할 수 없지만 그렇게 교육받은 아이들이 과연 행복할지 의문입니다.

최근 국내에서는 정부에서 유치원에 지원한 보조금을 유치원 측에서 다른 용도로 사용했다는 것이 문제가 되어 뜨거운 이슈가 되고 있어요. 안타까운 현실이에요.

선진국인 프랑스의 교육 현실은 어떤가요? 루소의 〈에밀〉이 실현되고 있는지 궁금하네요.

인정 올림

만남

23. 어려운 결단

조진정은 파리에서 근무한 지 4년이 다 되어갈 무렵 본사로부터 '인사발령 통지'를 받았다. 해외근무를 정리하고 2개월 후 본사로 복귀하라는 내용이었다. 기러기 아빠로 해외근무를 하다가 서울의 본사로 복귀하는 것은 통상 희소식에 해당된다. 하지만 그에게는 마냥 그렇지 않았다. 파리 생활을 하면서 맺은 '인정'과의 관계를 어떻게 해야 할지를 고민하였다.

가수 이선희의 홈페이지에서 만나 메일을 주고받은 게 벌써 2년. 그동안 주고받은 메일이 주마등처럼 눈앞을 스쳐 갔다. 미라보 다리와 진달래꽃, 고흐와 이중섭, 사르트르와 시몬 드 보부아르, 첫 경험 고백, 에디트 피아프, 에펠탑, 클로드 모네, 에밀 졸라, 루이 14세……. 참으로 많은 사람에 대해 이야기했고 틈틈이 속을 털어놓았다. 단순히 글만 주고받았는데도 소중한 사람이 되어버렸다는 게 신기했다.

'귀국 사실을 알리면 우리 관계는 어떻게 될까?'

인정과 이야기를 주고받은 기간은 소울메이트라는 단어의 의미를 몸소 체험할 수 있었던, 어찌 보면 되찾은 인생의 황금기였다. 하지만 이제 그것이 인사발령 통지라는 종이 한 장으로 인해 위협받게 된 것이다.

'이제 추억하는 일만 남은 건가?'

같은 서울 하늘 아래에서 메일을 주고받는다고 생각하니 이상했다.

과연 무슨 이야기를 할 수 있을까? 각박한 일상을 푸념하게 되지 않을까? 지금처럼 설레며 답을 기다리고 한껏 감동해 열렬히 지지하는 그녀의 메일을 몇 번씩 다시 읽을 수 있을까? 아니, 무엇보다 오프라인에서는 절대 만나지 않기로 한 약속을 지킬 수 있을까? 어쩌면 나라는 사람보다 파리라는 장소가 그녀를 자극했고 거기에서 발현된 환상이 우리의 관계를 지속시키는 힘은 아니었을까? 그래서 내가 귀국 사실을 알리면 '환상의 끝, 부담의 시작'으로 여기지 않을까?

'그래. 귀국한다는 사실을 숨기는 거야…….'

처음에는 별 문제가 없겠지만 시간이 지나면서 프랑스 이야기는 그저 그런 모양새가 되어버릴 테고 그러면 그녀가 실망하지 않을까? 그녀가 하는 질문에 답하지 못하는 상황이 생기면 어떡하지? 혹여 그녀가 그런 사실을 알게 된다면 아무리 좋은 의도였더라도 속았다는 생각에 그동안 쌓아온 우리의 성이 와르르 무너지지는 않을까? 그때 그녀가 입을 상처는 또 얼마나 클까?

여기까지 생각이 미치자 그는 상당히 혼란스러웠다. 그럼에도 불구하고 좀처럼 결론을 내릴 수 없었다.

두 달은 훌쩍 지나버렸다. 그의 선에서 마무리해야 하거나 다음 사람에게 인계하기 위한 업무들이며 이사 준비, 거기에 그때까지 미뤘지만 절대 놓칠 수 없다고 생각한 장소에 가보는 것까지. 떠날 준비는 파리에 막 도착해 어수선하게 짐을 풀던 것과는 어딘지 비슷하지만 좀 더 명확하고 분주했다.

서울행 비행기 안에서 진정은 인정과의 관계를 다시 생각해보았다. 서울에 돌아가더라도 기러기 신세는 같을 거였다. '딸아이가 대학에 들어갈 때까지는 미국에 함께 있겠다'는 아내의 의지를 꺾지 못하였으니 말이다.

'가족과 떨어져 있어야 하는 그 허전함과 외로움을 누가 알아주랴? 파리에 있을 때에는 인정이 있어서 그것을 잊고 지냈는데…….'

그는 생각 끝에 '어려운 결단'을 내렸다.

'서울에 가서도 파리에 있는 것처럼 인정과 메일을 주고받자.'

지난 2년 동안 그가 느꼈던 행복은 무엇과도 바꿀 수 없었다. 보내온 메일마다 그렇게 즐거워하는 걸 보니 그녀 역시 우리 관계가 갑자기 끝나는 것을 원하지 않을 것이다.

그러면 오프라인에서는 어떻게 할 것인가? 그동안 서로의 생각과 마음속 깊은 내면을 교류해오면서 인정을 보고 싶은 생각이 들 때도 있었다. 하지만 서울과 파리는 물리적으로 거리가 상당했으므로 만난다는 것은 꿈도 꾸지 못했고 그래서 그리 절실하지 않았다. 그런데 이제 서울이라는 한 장소에 속한다고 생각하니 마음이 흔들렸다.

'아무리 오프라인에서는 영원히 만나지 않기로 했지만, 온라인상의 이름은 가명이고 사진을 서로 교환하지 않았으니 어쩌다 그녀 곁을 지난다고 해도 알아보지 못할 것이 아닌가.'

철석같이 믿고 있을 인정을 생각하면 안 되는 일이지만 진정은 자꾸 스스로를 설득하고 있었다. 결국 그는 먼발치에서 그녀를 한번 보기로 했다.

기내 안내 방송이 들렸다.

"승객 여러분! 곧 서울-인천공항에 착륙할 예정이오니 등받이의 의자를 세워주시고 안전벨트를 꼭 매어주시기 바랍니다."

갑자기 진정은 심장이 박동치는 것을 느꼈다.

'이제 곧 서울이다.'

그는 벌써 인정을 볼 계획을 머릿속에 세우고 있었다. 가장 최근 메일에 그녀는 다음 주말에 서울시립미술관에서 열리는 로댕전을 관람할 거라고 했다. 그렇다면 이번 주말에는 그녀를 볼 수 있다.

24. 로댕과 〈칼레의 시민〉

4년 만에 발 디딘 서울은 어리둥절할 만큼 변해 있었다. 그동안 누군가가 서울의 거리를 넓혀놓은 것 같은 착각이 들 정도였다. 파리의 좁은 길에 비해 서울의 거리 대부분이 파리의 샹젤리제처럼 넓었다. 거리에는 너무 많은 사람들이 지나치고 있었고 발걸음도 매우 빨랐다. 진정은 그동안 몸에 배어 있던 완만한 속도가 서울생활을 하기에 적합하지 않다는 것을 깨달았다. 그는 새로운 일과 환경에 적응하느라 정신없이 일주일을 보냈다.

토요일. 인정이 로댕전을 보러 서울시립미술관에 가겠다고 한 날이었다. 아침 일찍 일어난 그는 거울을 보면서 옷매무새를 가다듬고 머리카락이 쳐지지 않도록 헤어크림을 찾아 발랐다. 개관 시간을 1분이라도 놓칠까 봐 허둥대며 택시를 잡아타고 목적지로 향했다. 인정의 얼굴을 모르니 맨 처음 입관(入館)하는 사람부터 눈여겨보기로 한 것이다.

진정의 의도는 보기 좋게 어긋나고 말았다. 폐관 시간까지 입구에서 줄기차게 서 있었지만 인정으로 보이는 여인을 찾아내지 못했다. 입구에서 사람들은 일시에 밀려들었다가 듬성듬성해졌다가 하는 식으로 끊이지 않았다. 진정은 어느 순간 사람들의 얼굴을 구별할 수조차 없는 지경이 되기도 하였다.

며칠 후 진정은 인정에게서 로댕전에 다녀왔다는 메일을 받았다. 그녀를 볼 수 있을 거라 기대했던 진정은 씁쓸했다. 그는 비록 그녀를 찾아내지 못했지만 그날 그녀가 그 미술관에 있었고 자기 역시 거기에 있었다는 데 만족할 수밖에 없었다.

***

현명 씨

지난 주말에는 서울에 온 로댕을 만났어요. 서울시립미술관에서 열린 '신의 손-로댕' 전을 관람한 거지요. 1900년 파리에서 개최된 로댕의 개인전을 재현한 전시였는데, 파리 로댕 미술관에서 공수해 온 113점의 조각 작품과 42점의 드로잉을 볼 수 있었답니다.

전시된 작품 중에서 〈신의 손〉은 처음으로 프랑스를 떠나와 수줍어서 그런지 대리석 원석 밖으로 손목까지만 내밀고 있더군요. 벗은 몸에 오른손으로는 태권도의 상단 막기의 포즈를 취하고 왼손 주먹으로는 망치질하는 듯한 모습의 〈청동시대〉는 로댕이 1875년 이탈리아 여행에서 돌아와 제작 출품한 작품이라네요. 가슴근육, 복근, 하체에 이르기까지 너무나 사실적이라서 당시에는 살아 있는 모델에서 직접 석고형을 뜬 것이 아니냐는 의혹을 받았다고 합니다.

〈생각하는 사람〉을 보면서 이 사람은 무슨 생각을 하고 있을까 하고 궁금했어요. 1857년 국립미술전문학교 입학시험에 응시했던 로댕은 낙방하고 말았는데 그 이유가 뭔지 곰곰이 따져보고 있을까? 아니면 누이의 사망에 충격을 받고 들어간 수도원 생활을 회고하고 있을까? 혹시 제자이자 연인이었던 카미유 클로델이 이별 후 정신병자가 된 것을 가슴 아파하고 있을까? 오래된 우스갯소리처럼 '잃어버린 팬티'를 생각하고 있을까? 생각이 거기에 이르자 이 자리에 어울리지 않은 것 같아 한참을 바라보던 시선을 돌렸습니다.

전시실 3층에서는 전시 연출에 감탄했습니다. 처음에는 조각상을 환히 비추는 빛이 자연광인 줄 알았는데 그게 아니었거든요. 창문 형태로 만든 조명장치가 설치되어 있었습니다. 로댕은 작품을 효과적으로 전시할 줄 아는 연출능력이 뛰어났다고 큐레이터가 설명해주었어요. 파리 만국박람회 때에는 박람회장 인근 광장에 설치한 전시장의 건축은 물론 작품의 배치, 조명, 받침대의 형태까지 손수 결정했다더군요.

사람들이 가장 많이 모여 관람한 작품은 전시관 한가운데 위치한 〈빅토르 위고 상〉과 〈발자크 상〉이었습니다. 아마 작품의 모델에 대한 관심도가 높은 것 같았습니다. 현명 씨, 다음 메일에는 로댕 작품의 모델이 된 두 작가를 소개해주실래요?

인정 드림

***

인정 씨

정말 좋은 전시회에 다녀오셨군요. 저도 몇 달 전 이곳 파리에 있는 로댕 박물관에 다녀왔답니다. 나폴레옹이 잠들어 있는 앵발리드의 금빛 돔 건물에서 그리 멀지 않았습니다.

로댕 박물관은 1728년에 세워진 2층 건물로 귀족의 저택이었는데 비롱 원수가 구입하면서 비롱관으로 불렸지요. 파리 인근 뫼동에 살던 로댕이 작업실로 이용하였는데, 말년에 작품을 기증하면서 박물관으로 만들어달라는 제안을 했고 프랑스 정부가 받아들여서 1927년에 오픈했습니다.

박물관 내부와 정원 모두를 관람할 수 있는 티켓을 사서 입관하면서 로댕의 작품을 직접 볼 수 있다는 기대감에 부풀었습니다. 들어서자마자 박물관 건물이 한눈에 들어왔습니다. 건물 앞 왼쪽에는 장방형 모양의 청동 주물이 벽에 세워져 있었어요. 바로 단테의 〈신곡〉 중 지옥편을 묘사한 〈지옥의 문〉입니다. 인정 씨가 한참을 올려다보았다는 〈생각하는 사람〉이 이 문의 윗부분에서 아래의 군상을 내려다보고 있지요. 그들은 지금 지옥으로 떨어지고 있는 거랍니다. 어쩌면 '생각하는 사람'은 그들의 죄에 대해 고뇌하고 있는지 모릅니다.

박물관 내부로 들어가니 〈대성당〉으로 불리는 작품이 먼저 보였습니다. 두 손이 아직 마주잡기 전의 형상으로 긴장한 듯 우아한 아치를 그리고 있어요. 조각가의 작업이 정신과 마음에서 시작하여 두 손을 통해 이루어진다고 한다면 로댕은 역시 손에 대한 애착이 강한 작가였나 봅니다.

로댕 박물관 정원은 기다랗게 조성된 잔디가 푸른 융단 같았습니다. 잔디 옆으로는 마치 자로 재서 키를 맞춰놓은 듯 고만고만한 나무들이 도열해 있었어요. 정원 끝에는 동그란 호수와 분수도 있었지요. 프랑스식 정원이 로댕의 작품들을 품고 있었으며, 로댕의 작품과 정원 중 누가 더 아름다운지 경쟁하는 듯했습니다. 그만큼 아름다운 정원이지요. 정원에 서 있는 〈칼레의 시민들〉은 노블레스 오블리주의 상

인생에 있어 가장 훌륭한 것은 무슨 특별하거나 예외적인 것이 아니라,
우리가 늘 보고 있는 일상적인 아름다움이다.
그러한 수많은 보물들은 항상 우리 손이 닿는 곳에 있는데도
사람들은 그것을 얻으려 하지 않는다.
그것이야말로 가장 귀중한 것임에도 불구하고.
- <로댕의 예술론>에서
(그림 : 프랑스 파리 7구에 위치한 로댕 박물관)

징으로 자주 인용되지요.

··· 영국과 프랑스가 싸운 백년전쟁 때 이야기랍니다. 영국이 프랑스의 북서부 대서양 연안에 있는 조그만 도시 칼레를 점령했습니다. 영국 왕은 '정해진 시간까지 정해진 장소에서 칼레 시민 중 여섯 명만 자발적으로 목숨을 내놓는다면 나머지 시민들을 모두 살려주겠다'고 엄포를 놓았지요. 그때 스스로 목숨을 내놓겠다고 나선 사람이 시장을 비롯한 지도층이었습니다. 다행히 임신한 영국 왕비의 탄원으로 그들의 목숨도 구할 수 있었다고 합니다. 1884년 칼레 시는 그들을 기리기 위해 기념상 제작을 로댕에게 의뢰합니다. 그러나 완성된 조각은 기대했던 영웅의 모습이 아니었어요. 죽음의 공포를 느끼는 너무나 인간적인 모습이었던 겁니다. 이 기념상은 당초 칼레 시청에 설치될 예정이었지만 시민들의 호응을 얻지 못해 바닷가 한적한 곳에 세워진 채 온갖 비난을 받았대요. ···

저는 지난여름에 승용차로 칼레 항까지 가서 대형 페리에 차를 싣고 도버해협을 건너 영국 런던에 다녀왔어요. 영국에서 돌아오는 길에 칼레 시청에 설치되어 있는 〈칼레의 시민〉을 보았지요. 그리 높지 않은 받침대에 놓여 있었는데 매우 인상적이었습니다.

미켈란젤로 이후 세계적인 거장으로 인간의 희로애락을 작품에 표현하려 했던 로댕은 1917년 77세에 죽습니다. 그의 묘는 뫼동에 있는데 〈생각하는 사람〉이 그의 묘석에 올라 있었어요. 거기에 다녀오는 길에 그가 살았던 마을을 내려다보기 위해 뒷산에 올랐습니다. 퇴색되어 시들어가는 풀 위에는 토실토실한 야생 밤들이 떨어져 있었어요. 한 시간 정도 주웠더니 꽤 많이 모을 수 있었지요. 그날 저녁 주워 온 밤을 삶아 먹으면서 고향을 추억했습니다.

제가 좋아하는 로댕과 그의 작품을 이야기하다 보니 서울에 전화할 시간이 되었군요. 발자크와 빅토르 위고에 대해서는 다음에 얘기하겠습니다. 그럼.

현명 드림

ps. 마침 발자크문학관에 다녀온 직후 썼던 글이 있어 첨부합니다.

발자크 문학관은 파리 16구의 '라디오 프랑스'라는 방송국 뒤편에 자리하고 있습니다. 축대를 따라 놓여 있는 계단을 내려오면 정원이 있지요. 정원의 안쪽 끝에는 발자크의 석고상이 있고요. 집 안으로 들어가면 발자크가 사용했던 책상과 퇴고를 했던 원고가 전시되어 있습니다. 조그마한 방 안에는 발자크의 석고상 다섯 개가 놓여 있는데 로댕의 작품은 다른 것들과 사뭇 다릅니다. 조금 거친 느낌이 들거든요. 지금까지 여러 출판사에서 출간된 〈외제니 그랑데〉가 전시된 방도 있고, 〈인간희극〉에 등장한 인물들의 계보가 세 개의 벽면을 채우고 있는 방도 있습니다. 문학관은 시에서 관리하고 있다고 합니다.

25. 첫 만남

현명 씨

지난 주말에는 이효석 문학관에 다녀왔어요. 강원도 평창군 봉평면에 있는 문학관까지는 서울에서 네 시간 가까이 걸리더군요. 승용차를 이용하면 오가는 시간은 줄일 수 있으나 창밖을 마음대로 내다보며 상상의 나래를 펴는 데 장애가 될 것 같아 대중교통을 이용했어요. 차창 밖으로 강원도 풍경을 보면서 현명 씨가 들려주었던 '편지찻집' 이야기가 불현듯 떠올랐답니다.

어린 시절 맺었던 약속을 지키기 위해 명예퇴직을 하고 산골에 들어와 찻집을 차렸던 노(老)교수, '꽃반지' 차를 시키고 에디트 피아프의 노래에 심취해 있던 예순의 여인 등 기억나는 이야기 속 인물이 모두 거기 어디 있을 것만 같았어요. 정말 거기 어딘가에서 그 찻집을 찾을 수 있을 것 같았지요. 이야기 속 그 여인은 정말 노(老)교수가 잊지 못하는 그 여인이었을까? 그렇게 긴 시간이 흐른 다음 만난 두 사람은 무슨 이야기를 나누었을까? 그렇게 애타는 세월을 보내고 겨우 만난 두 사람은 그 다음에 어떻게 되었을까? 이런저런 가정을 해보면서 두 번, 세 번 곱씹어 보아도 전혀 싫증이 나지 않았습니다.

이효석 생가에서 이효석 문학관 쪽으로 걸으며 학창 시절에 읽었던 이효석의 〈메밀꽃 필 무렵〉을 기억했습니다. 허 생원, 그와 그가 젊었을 때 우연히 만난 한 처자 사이에 태어난 것으로 보이는 동이, 두 장돌뱅이가 나오지요. 신기한 것은 허 생원이 동이가 자기 아들이라고 확신에 가까운 짐작을 하는 것은 왼손잡이라는 이유에서입니다. 지금 같으면 다소 억지스러워 보이는 설정이라며 폄하할 수도 있을 텐데, 1936년에 발표된 이 작품이 여전히 인기가 있는 걸 보면 첫사랑, 이루지 못한 사랑, 핏줄이 주는 의미는 결코 간단치 않나 봐요!

한 심리학자는 남녀가 사랑할 때에는 뇌에서 특정한 호르몬이 분비되는데, 안타깝게도 그 호르몬은 2년이 채 못 되어 작용을 멈춘다고 하였습니다. 그래서 어른들이 '부부 관계는 믿음과 정으로 지속된다'고 하셨을까요. 아무튼 첫사랑, 이루지 못한 사랑은 호르몬 분비가 자연스럽게 중단되지 않고 불가피하게 '일단 정지' 해버린 상태가 아닌가 싶습니다. 만약 첫사랑과 재회하면 멈췄던 호르몬의 작용이 다시 시작되는 거죠. 하지만 역시 시간이 흐르면 다시 멈추고 말겠지요. 마치 건전지처럼 말예요.

지금 이효석 문학관 이야기를 하고 있었지요?

전시실에는 창작실이 재현되어 있었습니다. 거기에는 피아노랑 유품과 초간본 책, 그리고 작품이 발표된 잡지와 신문도 전시되어 있었어요. 이효석의 문학과 생애를 다룬 영상물도 상영되었지요. 〈메밀꽃 필 무렵〉의 스토리를 재현한 모형도 인상적이었어요. 옛 봉평 장터, 동이가 허 생원을 업고 강을 건너는 장면, 허 생원이 방앗간에서 봉평 처자와 함께 있는 장면 등등. 35년의 짧은 생을 살았지만 우리 국문학사에 커다란 족적을 남긴 작가 이효석을 느낄 수 있는 좋은 기회였습니다.

문학관을 나와 지난번 메일에서 말씀드렸던 '봉평에서 꽤 유명한 맛집'인 메밀국숫집에 들렀어요. 막국수는 오천 원, 메밀묵사발은 육천 원, 그리고 메밀부침은 오천 원 하더군요. 막국수를 시켰는데 파리에 있는 현명 씨가 생각났어요. 물론 파리에도 한국 식당이 있겠지만 향토색 짙은 음식을 본고장에서 즐길 수는 없겠다고 안쓰러웠지요. 참고로 밝히면, 막국수는 쫄깃한 면발에 탁한 국물이 시원했답니다.

참, 메밀국숫집에서 있었던 이상한 일을 이야기해줄게요. 내가 찾아들어간 식당에는 수학여행 온 학생들이 단체손님으로 와 있어서 빈자리가 없었어요. 그래서 막 돌아 나올까 하는데 주인아주머니가 '합석해도 괜찮겠느냐'며 저기 안쪽으로 안내하더군요. 그곳에는 중년의 신사 한 분이 앉아 있더군요. 고갯짓으로 대충 인사를 하고 맞은편 자리에 앉는데 어디서 본 적이 있는 것처럼 낯익었어요.

그가 먼저 "우리, 이효석 문학관에서 보았나요?" 하고 물어왔습니다. 그렇게 말문을 떼고 그 사람과 나는 이효석에 대해 이야기하면서 주문한 막국수가 나올 때까지 기다렸습니다. 전혀 낯설지 않다는 첫인상은 그 사람과 있는 동안 내내 궁금증을 불러일으켰습니다. 그리고 왠지 그 사람이 한 번도 보지 못한 현명 씨를 닮았다고 생각했습니다. 아마 낯선 사람과 그렇게 쉽게 말을 주고받을 수 있었던 것도 그런 까닭이었을 거예요. 헤어질 때에야 통성명을 하였는데 현명 씨가 아니었습니다.

봉평 메밀밭에 흐드러지게 피어 있는 메밀꽃을 배경으로 사진을 찍고 있는 연인들의 모습과 메밀밭 사이 좁은 길 위로 관광객을 태운 당나귀 마차의 모습을 보냅니다. 이만.

인정 드림

26. 빅토르 위고

인정 씨

이번에는 로댕의 모델이 된 빅토르 위고를 이야기합니다.

세계적인 대문호 빅토르 위고는 그의 작품을 읽지 않은 사람에게도 〈노트르담의 꼽추〉와 〈레미제라블〉의 작가로 유명합니다. 인정 씨가 보았던 로댕의 빅토르 위고 상은 영국의 외딴섬에서 망명생활을 할 당시 바위 위에 기대어 앉아 있는 모습이지요. 나는 그 조각상을 보면서 위고가 그곳에서 무슨 생각을 하고 있었을까 하고 생각해보았어요.

··· 나는 1802년 프랑스 브장송에서 무관의 집안에서 태어났다. 이공계 대학에 진학시키기 위해 보내진 기숙학교에서 남몰래 글쓰기를 시작했으며, 낭만주의 대가 샤토브리앙에게 심취했다. 결국 나도 낭만주의에 대해 호감을 갖게 되었다. 그 시절, 동호인들과 함께 낭만주의를 선언하고 시와 소설들을 써나갔던 그때가 가장 행복했다. 하지만 문학 동지 생트 뵈브가 나와 아내 사이에 끼어들어 그녀와 멀어졌는데 세간에 알려진 소문처럼 아내가 나를 배신한 것이 아니라 내

가 아내를 버렸다는 죄책감에 괴로웠다. 설상가상으로 사랑하는 큰 딸 레오폴딘이 사위와 함께 강에서 물놀이를 하다가 익사한 사건은 나에게 씻을 수 없는 좌절과 절망을 안겨주었다. 그 후 10년 동안은 도저히 글을 쓸 수 없어 펜 대신 현실 정치를 택하여 상원의원이 되었다. 그러던 중 나폴레옹 3세가 쿠데타로 공화제의 헌정질서를 유린하자 영국의 섬으로 망명하였다. 이곳에서 나는 나폴레옹을 비난하는 〈징벌시집〉을 포함하여 많은 글을 썼다. 방금 전에는 〈레미제라블〉을 완성하였으며, 잠시 휴식을 취하려고 바닷가로 나오니 멀리 있는 고국에는 언제 돌아갈 수 있을까 하여 가슴이 아리다. …

빅토르 위고는 19년 동안의 망명생활을 마치고 파리에 돌아와 그동안 썼던 글들을 발표해 국민들로부터 큰 호응을 얻었지요. 그가 죽었을 때에는 그를 숭배하는 수많은 국민들이 장례행렬을 이루었고 그들의 애도 속에 그는 팡테옹에 안장되었지요. 빅토르 위고는 떠났지만 그의 인도주의와 자유정신은 물론 억압받는 사람과 사회적 약자들에 대한 연민과 배려하는 마음은 지금까지도 귀감이 되어 이어지고 있는 듯합니다.

저는 파리에 있는 동안 빅토르 위고의 발자취를 더듬어보기로 마음먹었지요. 먼저 보주 광장에 있는 기념관을 방문했어요. 그가 1832년에서 1848년까지 살았던 집이지요. 일반 아파트처럼 생긴 건물 입구에 6이라는 번지수와 기념관을 알리는 명패가 붙어 있었어요. 1층(프랑스는 0층)에서 입장료를 내고 2층에 있는 전시실로 들어가니 많은 사진들이 전시되어 있었어요. 여러 장의 흑백사진 속에서 앙드레 말로와 장콕도, 사르트르와 보부아르, 그리고 임종 직후의 빅토르 위고를 알아보겠더군요. 편안한 모습으로 눈을 감고 있는 그를 보며 '일생을 통해 열심히 살았기 때문에 후회는 없으며 이제는 내가 좀 쉬어야겠다'는 생각으로 깊은 잠에 빠졌나 보다 싶어졌습니다. 거기 사진 속의 사르트르와 보부아르는 무척 젊어 보였습니다. 눈을 크게 뜬 보부아르의 얼굴에서 여성이라고 해서 모든 것을 참아내고 양보해야 하는 것이 아니라 자아를 실현하기 위해 도전하려는 남성 같은 느낌을 받았답니다.

3층은 빅토르 위고가 생활했던 당시의 집 안을 재현해놓은 것 같았습니다. 현관에 들어서면서 우선 옷매무새를 가다듬었지요. 그가 살았던 집이라고 하니 왠지 모르게 예의를 갖추게 되었습니다. 첫 번째 방 벽에는 컬러로 된 가족사진들이 걸려 있었는데, 1843년에 남편과 함께 뱃놀이를 하다가 센 강에 빠져 죽은 큰 딸 레오폴딘도 볼 수 있었어요. 상당한 미인이더군요.

무거워진 발걸음을 재촉하여 안쪽으로 들어가니 방 한 칸이 중국관으로 되어 있더군요. 중국 도자기와 나무로 만든 침대, 작은 그림이 정교하게 그려진 의자에 대해 열심히 설명하는 젊은 여성에게 집중하고 있는 할머니와 할아버지들이 인상적이었어요. 전에 방문했던 에밀 졸라의 문학관에서 만났던 관람객들이 상대적으로 젊은 층이었다는 사실이 떠오르면서, 에밀 졸라는 젊은 층에 인기가 있고 빅토르 위고는 상대적으로 노년층에 인기가 있나 보다고 생각했습니다.

빅토르 위고의 침실이 있는 가장 안쪽의 방을 되돌아 나오면서 옆방에 있는 그의 흉상을 보았지요. 로댕의 작품인 그 청동상은 45도의 각도로 앞으로 비스듬히 기울어져 있는 모습으로 좌대 위에 놓여 있었어요. 심오하게 생각하고 처절하게 고뇌하는 지식인의 모습으로 보였습니다. 다른 방에 놓여 있는 꽃미남처럼 생긴 석고상이나 헤밍웨이처럼 자상한 모습을 한 나이 든 그가 담긴 사진과는 느낌이 전혀 달랐습니다. 역시 로댕은, 의뢰인이 은밀히 요구하는 포토샵을 거부했던 네덜란드의 화가 렘브란트처럼, 의뢰인의 의도보다는 자신의 소신을 작품에 담았다는 걸 다시 한 번 확인할 수 있었어요.

빅토르 위고가 머물렀던 공간을 모두 돌아보고 나오려는 순간, 창밖을 내다보면 무슨 느낌이 들까 하는 생각이 머리를 스치더군요. 그리 넓지 않지만 세로로 긴 창문을 통해 광장을 내다볼 수 있었어요. 광장은 4층짜리 건물 36채로 둘러싸여 정원처럼 단정하게 가꾸어져 있더군요. 가끔 빅토르 위고가 산책을 했을 그 장소를, 알퐁스 도데와 릴케도 그랬듯이 잠시 후에 나도 사색을 하면서 천천히 걸어보겠다는 생각에 가슴이 벅찼습니다.

그에 대한 생각이 꼬리에 꼬리를 물고 깊은 곳까지 이어져 제가 낭만주의 거장의 스토커로 오해받지 않을까 걱정되네요.

현명

***

현명 씨

보내준 빅토르 위고에 대한 설명으로 그에 대해 자세히 알게 되었습니다. 사려 깊고 인간미 넘치는 위대한 작가의 깊은 내면에는 아내와의 이별, 죽은 딸에 대한 안타까움, 그리고 19년 동안의 망명생활이라는 시련이 있었군요.

학창 시절에 읽은 〈레미제라블〉이 기억납니다. 시장이 된 장발장은 과거에 죄를 지었는데 뒤늦게 범인이 잡혔다는 소식을 듣자마자 그 죄 없는 사람을 구하기 위해 자수를 하고 감옥에 들어가지요. 요즘에는 현장에서 붙잡힌 범인이 범행을 부인하고, 심지어 어떤 이는 아무런 죄가 없는 다른 사람을 무고까지 하지요. 그런 사람들이 장발장의 이야기를 듣는다면 무슨 생각을 할지 궁금해지는군요.

빅토르 위고와 작품 속 인물들의 고귀한 인품에 빠져들어 진지하다 못해 숙연해졌네요. 그래서 가벼운 유머로 마무리합니다.

맞선 자리에서 남자가 여자에게 물었다.

"〈로미오와 줄리엣〉을 읽어보았나요?"

"예, 로미오는 읽었는데, 줄리엣은 아직 못 읽었어요."

이번에는 여자가 남자에게 물었다.

" 혹시 〈레미제라블〉은 읽어보았나요?"

"아니요, 〈장발장〉만 읽고 〈레미제라블〉은 아직 못 읽었어요."

빅토르 위고의 〈레미제라블〉이 주인공 이름인 〈장발장〉으로 출간된 데서 오는 해프닝이었습니다.

"부자들은 〈레미제라블〉의 미리엘 주교처럼 온화하고 훌륭한 성품을 가졌다. 왜냐하면 물방울 다이아를 훔친 도둑을 잡은 경찰에게 자신이 도난당한 물건이 아니라고 말하니까!"

으음, 분위기를 띄우려다가 도리어 썰렁해지고 말았네요. 오늘 밤은 이불 꼭 덮으세요. 요즘 유럽의 날씨가 매우 춥다더군요.

인정

27. 비엔날레의 고장

김포에서 이륙한 비행기가 서해안을 타고 내려가다가 군산을 거쳐 광주 상공에 진입했다. 아래로 영산강 줄기와 광주 시가지가 눈에 들어왔다. 멀리 무등산도 보인다. 광주공항에 착륙할 때쯤에는 왼쪽으로 광주광역시 청사가 있는 상무 신도시가 보였다. 대규모 군사교육시설과 군부대가 있는 상무대가 전남 장성군으로 이전한 다음 그 터에 들어선 신도시다. 진정은 그곳에서 학사장교로 군 복무를 했다. 광주 상무대에서 교육받을 당시 퇴근 후 들렀던 식당과 카페에서 군인들을 쳐다보는 광주시민들의 눈빛은 여간 부담스러운 것이 아니었다. 5.18광주민주화운동에 대한 기억과 상처가 시민들의 마음속에 적지 않게 남아 있던 시절이었기 때문이다. 하지만 그 후 5.18묘지가 국립묘지로 승격되었고 5.18이 국가기념일로 지정되는 등 광주시민들의 명예가 회복되면서 그날의 아픈 상처가 아물어가고 있다는 말을 들은 적이 있다. 한편, 세계문화예술 축제인 광주 비엔날레가 창설되면서 지역의 이미지가 한층 더 부드러워졌으며 시민들의 모습도 매우 밝아진 것 같다는 느낌이 들었다. 그는 감회에 젖어 새삼 그때를 떠올렸다가 다시 인정과 만난다는 기대로 조금씩 흥분되었다.

진정은 광주공항에서 택시를 잡아타고 비엔날레 전시관으로 향했다. 공항을 벗어난 택시는 5분도 되지 않아 상무 신도시로 진입하였다. 막사 건물과 연병장, 철조망이 설치되어 있던 곳에는 이제 고층의 아파트가 들어섰고 김대중컨벤션센터며 배 모양의 광주시 청사도 보였다. 상전벽해라는 비유가 어울릴 성싶었다. 차창 밖으로 달라진 풍경을 바라보며 어디가 어딘지 가늠하는 사이에 벌써 비엔날레 전시관에 도착했다. 택시 기사가 외곽 순환도로가 개통되고 나서 광주의 교통 여건이 좋아졌다고 하였다.

진정이 휴대폰을 확인하니 인정에게서 문자메시지가 와 있었다. 막 KTX가 광주송정역에 도착했다고 하였다. 시계를 보니 약속한 시간보다 30분 일렀다. 그는 비엔날레 전시관 입장권 판매소를 확인한 다음 건너편 카페로 향했다. 그는 창가에 자리를 잡고 인정에게 답 메시지를 보냈다.

카페의 유리창을 통해 인정의 모습이 보였다. 그녀는 밝고 화려한 옷을 입고 있었다. 미술전람회를 관람한다는 생각에서 화려한 색상으로 코디를 한 것 같았다. 지난번 봉평에서 만났을 때보다 훨씬 젊어 보였다.

"늦어서 죄송해요."

"아닙니다. 비행기 일정상 제가 일찍 도착해서 그렇지요. 인정 씨, 오늘 날씨처럼 화사하고 아름답습니다. 비엔날레 전시 작품들이 기가 죽겠는데요."

"아이, 놀리시면 어떡해요. 그렇지 않아도 너무 튀지 않을까 조마조마했는걸요."

마주 앉아 지난번에 관람했던 이효석 문학관에 대한 이야기를 나누는 동안 오렌지 주스가 나오자 인정은 급히 마시고는 비엔날레 관람을 청했다. 기다리고 있었던 진정을 배려하는 눈치였다.

진정과 인정은 카페를 나와 티켓을 사서 비엔날레 전시관으로 들어갔다. 단정하게 제복을 차려입은 도슨트가 광주 비엔날레에 대해 간단한 안내 설명을 해주었다.

… 1995년 창설된 광주 비엔날레는 격년으로 열리며 올해 12회째입니다. 이번 주제는 상상된 경계(Imagined borders)예요. 미술 작품들은 이곳 비엔날레 전시관과 국립아시아문화전당 전시관에 설치되어 있어요. 특히 국립아시아문화전당 전시관에는 북한미술 작품과 제1회 광주비엔날레 개최 당시 대상을 받았던 작품도 전시되어 있어요. 제1회 때 대상 수상작은 쿠바 작가 크쵸의 〈잃어버리기 위해서(To forget)〉예요. 여러 개의 빈 맥주병 위에 조그마한 배를 올려 놓은 것이 그 작품의 전부였어요. 당시 관객들이 느끼는 충격이 컸다고 해요 …

진정과 인정은 도슨트를 뒤로 하고 전시된 작품들을 본격적으로 둘러보았다. 전시물 하나하나 쉬운 것이 없었다. 파리의 오르세 미술관과 루브르 박물관을 수차례 관람했고, 영국의 대영박물관과 내셔널 갤러리, 파리의 퐁피두센터까지 관람했던 진정도 여전히 이해하기 쉽지 않았다. 하지만 광주 비엔날레가 현대미술을 테마로 하면서도 '나도 비엔날레 작가'라는 시민 참여 프로그램을 만들고, 주말에는 공연

이벤트도 제공하는 등 대중에게 다가가려 노력한 모습은 읽을 수 있었다.

인정이 파리의 퐁피두센터와 대비하여 광주 비엔날레에 대하여 이야기하였다.

"프랑스 파리에는 현대식 건물로 지은 퐁피두센터가 있는데 주로 현대미술을 전시하기로 유명하지요. 그곳은 상설 전시장인 반면 광주 비엔날레는 세계적으로 유명한 작가들을 초청한 특별 전시회이기 때문에 어쩌면 광주 비엔날레가 더 최신의 다양한 현대미술의 흐름을 소개한다고 할 수 있죠."

진정이 맞장구를 쳤다.

"아, 그렇군요! 그럼 우리가 광주 비엔날레를 통해 최신 미술사조의 작품을 관람하고 있네요."

며칠 전 인정이 보낸 메일에는 파리의 퐁피두센터에 대해 이야기해 달라는 내용이 있었다. 그는 경험과 자료를 정리하여 인정에게 보냈었다.

인정은 신나는 목소리로 이야기를 계속했다.

"퐁피두센터 꼭대기 층 레스토랑에서는 파리 시내를 내려다볼 수 있대요. 그리고 1층에는 영화관이, 2층에는 서점이, 그리고 3층에는 도서관이 있다고 하니 그야말로 복합 문화센터인 셈이죠."

"인정 씨는 문학뿐만 아니라 예술에 대한 조예도 깊군요. 그저 존경스러울 따름입니다."

"학창 시절에 관심이 좀 있었어요. 하지만 결혼 후에는 접었다가 아들이 대학에 진학하고 나니 시간 여유가 생겨서 다시 관심을 갖게 되었어요."

"아, 그렇군요. 여유 있는 시간을 건전하게 활용하신 걸 보니 원래 심성이 고우신 분 같아요."

인정이 미소를 지었다.

"꼭 그렇지도 않지만, 좋게 봐주시니 고맙네요."

주전시관의 작품을 관람한 후 전시관 후문으로 빠져나왔다. 공원을 가로질러 멀지 않은 거리에 있는 광주민속박물관과 시립미술관을 차례로 들러서 그곳에 전시된 작품들도 관람했다. 미술관의 학예연구실장으로부터 제일동포 컬렉터 하정웅 씨가 애장하고 있던 수백억 원어치의 미술품을 시립미술관에 기증했다는 사실을 알게 되었다. 인정이 파리의 마르모탕모네 미술관, 로댕 박물관, 오랑주리 미술관이 기증된 작품을 모태로 탄생했다는 말을 덧붙였다. 학예연구실장은 광주시립미술관의 입지와 관련하여 당초에 학생 수가 줄어든 도심의 중앙초등학교를 허물고 지으려고 했으나 근대건축물을 보존해야 한다는 의견을 받아들이는 한편, 비엔날레 전시장과의 연계성을 고려해 현재의 위치로 결정했다고 하였다.

"파리에서는 몇백 년 된 건물도 허물지 않고 보존하는 것이 일상화되어 있는데 그러한 전통이 부럽더군요"라고 진정이 말하자, "우리는 역사적 보존가치가 있는 건물도 효율성을 내세워 너무 쉽게 허물어버리는 것 같아요. 아무튼 광주시의 결정은 잘한 것 같네요"라고 인정이 응대했다.

인정의 긍정적인 평가에 한껏 고무된 학예연구실장은 광주 비엔날레 창설 당시의 일화를 소개했다.

"무엇보다도 광주광역시장의 비엔날레 개최에 대한 강력한 의지가 있었어요. 당시 주위에서는 7개월이라는 짧은 준비기간과 열악한 지방재정 여건을 거론하며 비엔날레 개최에 대한 적지 않은 염려와 회의적인 분위기가 있었지요. 하지만 예술을 애호하는 지역민들이 시장을 중심으로 똘똘 뭉쳐 악조건들을 모두 극복하고 세계적인 행사를 성공적으로 개최할 수 있었습니다. 지금 와서 생각해보면 기적 같은 일이었지요."

비엔날레 관람을 마치자 진정이 맛의 고장 광주에서 의미 있는 저녁 식사를 하자고 제안했다. 시립미술관에서 나온 일행이 택시를 타고 식당으로 향하던 중 바로 왼쪽에 문화예술회관이 눈에 들어왔다. 이 일대가 중외공원 문화벨트라는 설명이 이해되었다.

택시기사의 자문을 받아 찾아간 식당은 무등산 자락에 있는 한정식 집이었다. 주변의 산과 집 안의 조경이 어울리는 한옥 기와집이었다. 한복 차림으로 반갑게 맞이하는 여주인의 안내로 방 안으로 들어섰다. 방 안에는 전통가구가 놓여 있었으며 벽에 걸려 있는 크고 작은 액자들 속에는 동양화와 서예작품이 들어 있었다.

진정이 말문을 열었다.

"광주를 예향이라고 부르는 이유를 이해할 것 같군요. 이런 식당에도 멋있는 그림이 걸려 있으니까요."

인정이 호기심 어린 눈으로 방 안의 장식품들을 이리저리 살펴보면서 대답했다.

"네, 그러네요. 전 이런 한정식 집은 처음인데."

잠시 후 역시 한복을 곱게 입은 종업원이 큰 쟁반에 음식을 가득 담아 와서 상 위에 가지런히 놓았다. 구운 조기, 갈비, 게장, 산나물, 각종 젓갈류, 배추김치, 오이소박이, 꼬막 등 이루 헤아릴 수 없을 정도의 반찬이 진열되었다. 아울러 백반과 된장국까지 놓이고 나니 그 큰 상에 빈틈을 찾을 수 없을 정도였다.

"이 배추김치는 세계김치문화축제에서 대통령상을 받은 김치입니다. 그럼, 맛있게 드세요."

인정이 젓가락으로 김치를 집어 입안으로 가져갔다.

"세계김치문화축제에 대해서는 영화 〈식객2 : 김치전쟁〉에서 본 적이 있는데 이렇게 대통령상을 받은 김치를 먹을 수 있다니 놀라운데요."

진정이 자기가 이곳에서 군 복무를 하였다며 감상을 덧붙였다.

"남도 지방은 날씨가 상대적으로 좋아서 곡식과 채소류가 풍부하고 주변 해안으로부터 각종 어패류와 젓갈류가 제공되어 예로부터 음식문화가 발달하였죠. 그래서 광주는 맛의 고장인 미향(味鄕), 예술의 고장인 예향(藝鄕), 그리고 정의로운 고장인 의향(義鄕)으로 불리기도 하죠."

음식과 예술을 화제로 삼아 이야기하면서 저녁 식사를 마친 후, 식당에서 무료로 제공된 녹차를 마셨다. 무등산 작설차였다. 그때 옆방에서는 북소리와 함께 창(唱) 소리가 들려왔다. 창을 좋아하는 손님이 청하면 주인이 직접 북을 치며 한 곡조 뽑는다고 했다.

진정과 인정은 광주역으로 이동하여 서울행 KTX를 탔다. 진정이 두 장의 고속열차표를 미리 예약해 두었던 것이다.

"오늘 하루는 꿈만 같아요. 여행이 이렇게 즐거운 것인 줄은 미처 몰랐네요."

"예, 뜻이 맞는 사람과 함께하는 여행이라 그런지 저도 시간 가는 줄 모르고 즐거웠어요."

진정과 인정은 차례로 그날 여행에 대하여 의미를 부여하고 문화와 예술에 관한 이야기를 나누었다. 용산역에 도착한 그들은 다음에 부산국제영화제에 다녀오자는 약속을 하고 각자의 집으로 향했다.

28. 한 여자의 세 남자

광주를 다녀온 그날 밤 진정은 마치 바둑의 복기를 하듯 인정과 나누었던 대화 하나하나를 되새김질했다. 자신이 현명과 동일인임을 눈치 채지 못하도록 세심한 주의를 기울였으나 혹시 실수한 것은 없는지 점검하기 위해서였다. 인정이 메일을 통해서 알게 된 프랑스의 문화와 예술, 그리고 관련 작가에 대해 이야기하면 자신은 경청하고 때로는 가볍게 맞장구를 치는 수준에 그쳤다. 이렇다 할 실수는 하지 않은 것 같았다. 하지만 그 과정에서 느꼈던 고통은 적지 않았다. 사람이 알고 있는 것을 모르는 체 하기가 그렇게 어려울 줄은 예전엔 미처 몰랐다.

인정이 퐁피두센터에 대해 이야기할 때 그러했다. 이야기를 듣는 동안 그 장소와 시설들이 머릿속에 그려져서 그녀가 약간 다르게 설명할 때는 고쳐주고 싶었고 꼭 해야 할 내용을 빠뜨렸을 때는 곧바로 보충해주고 싶었다. 그렇지만 그래서는 안 되었다. 인정의 기쁨과 자신의 실리를 동시에 챙기기 위해서라면. 다음에 만날 때에도 긴장의 끈을 놓지 말아야지 하고 다짐하면서 인정에 대해 생각해 보았다.

두 번 만난 인정은 메일을 통해 알고 있는 이미지보다는 활발한 편이었다. 외모 면에서는 아랫배가 나온 것 빼고는 몸매 관리를 잘하고 있는 것 같았다. 얼굴은 귀염성 있었는데 특히 웃을 때 들어가는 보조개가 매력적이었다. 유교적 전통을 중시하는 가정에서 자랐다고 해서 꽤 보수적일 것이라고 짐작했지만 오히려 개방적인 것 같았다. 진정과 두 번째 보는데도 낯을 가리지 않고 특별한 경계도 하지 않았다. 그건 그 역시 마찬가지였다. '문화와 예술'이라는 주제 때문이었는지 아니면 메일로 이미 알고 지내서였는지 인정과 함께 있는 것이 어색하거나 낯설지 않았다. 인정의 행동 역시 자연스러워 보였다. 다만, 최근에 인정의 요청에 따라 보냈던 메일을 생각하면 조금 섭섭했다. 그가 정성껏 정보를 모으고 경험을 덧붙여 정리해 보낸 것이 다른 사람과 이야깃거리로 쓰였다니. 그녀와 얘기한 사람이 다른 누구도 아니고 자기 자신이었음에도 불구하고 인정 입장에서 그가 아닌 다른 사람이 그 상대였다는 데 질투가 났다. 놀라운 발견이었다.

··· 비엔날레는 2년마다 열리는 미술전람회라는 이탈리어를 어원으로 한다. 세계적으로 10여 개의 미술전람회가 주목을 받고 있는데, 그중에 1895년 창설된 베니스 비엔날레가 전통이나 내용에 있어서 단연 으뜸으로 평가받는다. 매회 주제를 정하는 주제전시, 26개국에서 자기 나라의 명예를 걸고 설치하는 국가관의 전시, 그리고 특별전으로 구성된다. 베니스 비엔날레가 개최되는 기간에는 도시 전역에서 호텔 구하기가 어려울 정도로 인기가 대단하다. ···

여기에 미국의 휘트니 비엔날레, 브라질 상파울루 비엔날레, 독일 카셀 도큐멘타, 이스탄불 비엔날레, 요코하마 트리엔날레, 광저우 트리엔날레 등에 대한 소개와 프랑스 퐁피두 대통령의 이름을 따서 지은 퐁피두센터에 대한 소개를 덧붙였다. 그리고 리용 비엔날레(1991)는 프랑스 남동부의 3대 도시인 리용에서 개최되며 리용 현대미술관을 주전시관으로 하고 리용의 도시공간, 공원, 빈 건물 등을 활용하여 내실 있게 개최한다는 사실과 트리엔날레는 3년마다 개최하는 전람회이며 도큐멘타는 4~5년마다 개최하는 전시회를 일컫는다고 가르쳐주었다.

***

인정은 광주에 다녀온 다음 날 오전 거실에서 음악을 들으며 진정과 현명에 대해 생각해보았다. 그동안 자신은 남편밖에 모르고 살아왔다. 남편 이외의 남자에게는 관심 자체가 없었다고 해도 무방했다. 현명과 이메일을 주고받으면서도 남자와 이야기한다기보다 프랑스의 문화와 예술을 소개받는다는 데 반가움이 컸다. 하지만 진솔한 생각을 교환하게 되고 속마음을 읽을 수 있게 되면서 편안해지고 남편에게 전혀 느낄 수 없었던 감정이 생겨났다. 오랫동안 수많은 편지를 주고받았던 한스카 부인과 발자크의 사례 역시 그랬을 것이었다. 현명은 그녀에게 어떤 부담도 주지 않았다. 경영학을 전공하고 20년 가까이 대기업에 근무했다는데도 그가 들려주는 문화와 예술에 관한 이야기에는 풍부한 감성이 깔려 있었다.

현명은 노래 〈희나리〉의 가사에서 나오는 이별의 원인에 대해서 통찰하고 엄청난 절제력으로 상대에게 부담을 주지 않는 모범을 보이고 있는 듯했다. 첫 번째 메일에서보다 두 번째 메일에서 문체가 더 부드럽고, 세 번째 메일에 가서는 적절한 비유와 은유가 있는 동시에 사물을 보는 심오함이 문장 하나하나에 담겨져 있었다. 특히, 이어 글쓰기로 완성했던 'DNA 사랑'은 감동적이었다. 이어 글쓰기를 해보자고 한 아이디어도 훌륭했지만, 후기 '내가 다녀간 의미'에 담긴 철학적 깊이는 인간의 본성에 무비판적으로 끌려 살아가는 평범한 사람이라면 전혀 생각지도 못할 정도였다. 이렇듯 진화해가는 그의 메일의 끝은 어떠할까 궁금해했고 그에게서 메일이 올 때마다 감동하지 않았던 적이 없었다.

'내가 결혼한 후 신혼 때를 포함하여 남편의 귀가를 현명 씨의 메일처럼 설레는 마음으로 기다려본 적이 있던가? 물론 기다리기는 했지만, 설렘보다는 가정주부로서 당연히 그렇게 해야 해서 그랬고 시간이 지나면서 습관이 되지 않았던가? 만약 남편 대신 현명 씨가 퇴근하여 집에 돌아올 시간이라도 내 마음이 그럴까?'

인정은 얼굴이 후끈거렸다. 하지만 부끄럽지 않았다. 한편으로는 그와 오프라인에서는 만나지 않기로 한 것이 조금 후회스러웠다. 또 한편으로는 어쩌면 그렇기 때문에 그가 더욱 간절한지도 몰랐다. 현명과 만나지 않기로 한 것은 프로스트의 시 〈가지 않은 길〉에 대한 미련을 훨씬 초월한 것이었다.

인정은 이번에는 두 번 만난 진정을 떠올렸다.

이효석 문학관에서 처음 만난 진정은 적당한 키에 근육질 있는 몸매였다. 턱밑으로 완만한 곡선처럼 보이는 살이 약간 있어서 그런지 인상이 인자해 보였다. 아는 것이 많은 것 같은데 의외로 잘 들어주는 사람, 말을 통해 자신의 배설욕구를 발산하기보다 상대의 말을 듣고 맞장구쳐주는 배려심이 많은 사람 같았다. 무엇보다 낯설지 않은 느낌이 좋았다. 또한 가끔 나오는 촌철살인(寸鐵殺人)의 유머는 매번 여운을 남겼다. 그가 명함을 건네며 했던 말이 생각났다.

"제 이름에는 'ㅈ' 자가 세 개나 있습니다. 가끔 인터넷 접속을 위해 'www'를 쳤는데 한/영 자판이 한글로 가 있어 'ㅈㅈㅈ'이 나올 때가 있지요? 그때에는 짜증내지 마시고 '조진정'의 이니셜로 생각하고 저를 한번 기억해주세요."

그의 유머에 웃으며 인정은 현명을 떠올렸다. 그리고 소스라치게 놀랐다. 어느새 머릿속이 온통 현명으로 가득 찼는지 다른 사람에게서 그를 느끼다니.

광주 비엔날레 관람은 인정에서 비롯되었다. 인정이 먼저 진정이 건네준 명함에 적힌 휴대전화에 문자메시지를 넣었다.

'안녕하세요. 이효석 문학관에서 만난 최인정이에요. 그동안 잘 지내셨어요?'

'예, 안녕하세요. 덕분에 잘 지냈지요. 인정 씨는 어때요?'

'그때 찍은 사진 정리하면서 약간의 글도 쓰고 그렇게 지냈어요.'

'언제 시간 나면 차 한 잔 하실까요? 문학 얘기도 할 겸 해서요.'

'예, 좋아요. 저는 시간이 많은 편이니까요.'

'혹시 주말에도 시간을 낼 수 있다면, 광주 비엔날레 보러가지 않을래요? 예술을 좋아하는 것 같은데.'

'예, 좋아요. 저는 언제라도 가능해요. 선생님께서 편한 시간을.'

'다음 주말 어때요?'

'좋아요. 어떻게 만나죠?'

'광주 비엔날레 주 전시관 입구에서 11시쯤?'

'좋아요. 도착해서 문자메시지를 드릴게요.'

'만약 그전에 사정이 생기면 문자메시지를 주세요.'

'예!'

광주 비엔날레를 관람하는 동안 그와 함께하면서 인정은 불편하지 않았다. 광주에서 장교 교육을 받아서였는지 그는 그곳 지리를 세세히 알지는 못해도 당황하지 않았다. 같이 다니면서도 과장하지 않고 자연스럽게 자신을 배려해주었다. 저녁 식사를 마치고 차를 마실 때 옆방에서 창 하는 소리가 들렸는데 아는 척하지 않고 조용히 들으며 가끔 '분위기 좋은데요?' 하고 물어주었다. 말과 행동에서 여유가 있다는 것을 느낄 수 있었다.

광주에서도, 서울로 돌아오는 KTX 안에서도 인정은 평소보다 말을 많이 했다. 그가 그만큼 그녀를 북돋아주었다. 헤어질 때도 그는 자연스럽게 다음 약속을 정했다. 부산국제영화제. 어디에서 차라도 한 잔 하고 헤어지자고 하지 않고 다음 약속에서 꼭 다시 보자고 하는 그의 말을 들으며 인정은 그러마고 고개를 끄덕였다. 인정 생각에 진정은 자연스럽게 스며드는 남자였다.

'아직 두 번밖에 만나보지 못한 남자에게 호감을 느끼는 이유가 뭘까? 광주 비엔날레를 관람하느라 상당히 걸어서 피곤했는데도 왜 어젯밤에는 늦게까지 잠들지 못했을까?'

인정은 어젯밤에 옆에서 세상 모르고 자는 남편에게 미안했지만 자꾸자꾸 진정과 함께했던 시간을 되풀이해서 기억했다. 지금까지 남편에게 부족하게 느꼈던 점에 대해 구체적으로 어떠한 대안도 생각해보지 않았는데 진정과 함께했던 시간을 떠올리며 행복을 느꼈다. 친구들끼리 이야기하다가 누가 사귀는 애인이 있다는 말을 전해 들었을 때, 인정은 다 허영 때문이라고 일축하며 그런 이야기를 전하는 친구에게까지 핀잔을 주었다.

'그 친구가 애인을 사귀는 이유가 이런 느낌 때문일까?'

인정은 밤새 이런저런 생각에 뒤척이다가 겨우 잠들었다.

인정은 다음 날 아침 다시 하게 된 두 남자에 대한 생각 끝에 자리에서 일어나며 이렇게 결론짓는다.

'현명이 2년에 걸쳐 천천히 스며드는 보약의 약기운이라면, 진정은 단 두 번에 마음이 반응하는 단방약 같다.'

29. 부산국제영화제

진정과 인정은 서울역에서 만나 부산행 KTX를 탔다. 달리는 차창에는 빗방울이 스치고 있었다.

인정이 물었다.

“영화 좋아하세요?”

진정이 인정을 바라보며 대답했다.

“예, 좋아하는 편이죠. 한 시간 반 정도만 투자하면 적지 않은 즐거움과 감동을 느낄 수 있잖아요. 인정 씨는 어때요?”

“예, 저도 영화를 좋아해요. 배우들의 연기력과 아름다운 영상, 그리고 압축된 스토리에 의미 있는 메시지를 담으려는 감독의 보이지 않는 고심이 흥미롭죠.”

“나는 가끔 어린 시절에 보았던 천막 텐트를 치고 상영했던 이동식 영화관 생각이 나요. 내가 살던 마을은 시골이라 농한기인 늦가을 밤에 그런 식으로 영화를 보았죠. 영화가 끝날 때쯤이면 천막을 걷어내서 한기에 떨었던 기억도 나요. 상영 중 필름이 끊기면 여기저기서 야유며 재촉하는 말들이 쏟아졌지요. 그것도 좋은 추억이에요.”

“어머, 천막 영화는 말로만 들었어요. 도시에서 태어나 줄곧 거기서 자라서 그런 것은 못 보았거든요. 대신 여고 다닐 때 중간고사나 기말고사가 끝나면 친구들과 영화관엘 갔어요. 그때 본 영화 중에서 아직 기억나는 것은 〈사운드 오브 뮤직〉이에요. 〈도레미송〉이랑 〈에델바이스〉 노래가 나왔던 영화 말예요. 여배우의 맑은 목소리가 참 인상적이었어요."

"저도 그 영화를 보았어요. 오스트리아 해군 대령이던 남자 배우가 식구들을 이끌고 독일군을 피해 국경을 넘는 마지막 장면이 눈에 선하네요."

진정이 맞장구를 치자 인정의 눈이 빛났다.

"TV가 보급되면 영화가 시들해질 것이라고들 했는데 이제 영화는 '영상산업'이라고 불릴 만큼 인기가 좋아요, 그렇죠?"

"네. 특수효과를 비롯한 영상기술이 발전한 것도, 부산국제영화제처럼 영화제를 개최해 영화에 대한 관심을 지속시킬 수 있는 계기를 만든 것도 그런 인기에 한 축을 담당했겠죠."

진정과 인정의 대화는 부산국제영화제로 자연스럽게 옮겨갔다.

"참, 부산국제영화제에 가본 적 있으세요?"

"이번이 처음입니다. 인정 씨는요?"

"이번이 다섯 번째에요. 영화를 좋아하기도 하지만 외가가 부산이어서 겸사겸사 갔거든요."

"그렇군요. 부산국제영화제는 어떻든가요?"

"음, 부산국제영화제는 1996년에 시작되었어요. 비경쟁영화제인데 그동안 성장해서 아시아에서는 가장 영향력 있는 영화제로 평가받고 있어요. 세계 영화계에서 한국 영화의 위상을 높이는 역할은 물론 아시아의 새로운 작가를 발굴하는 역할도 한다더라고요. 영화는 남포동

극장가와 수영만의 야외에 특별히 설치한 상영관에서 볼 수 있어요."

"개막식이나 폐막식은 굉장하다면서요?"

인정이 신이 나서 이야기를 이어갔다.

"예, 개막식과 폐막식은 평일에 열리는데도 사람들로 넘쳐나요. 특히 개막식 때에는 레드 카펫 앞의 좋은 자리를 차지하려고 새벽부터 줄을 서는 젊은이들이 많아요. 영화를 좋아해서 자주 관람하지만 안성기, 장동건, 외국 배우들을 직접 볼 기회는 그리 없잖아요. 개막식에서는 부산 시장의 개막 선언 말고는 어떠한 정치인의 인사말도 없지요. 문화는 정치로부터 자유로워야 한다는 측면과 정치인이 아니라 영화인을 보러온 관람객들의 욕구를 고려한 측면이 잘 드러나는 것 같아요."

"개막식에서 정치인을 배제한 것은 참 잘했다는 생각이 드네요. 몇 년 전에 기초자치단체에서 개최한 문화행사에 참석한 적이 있는데, 개막식에서 기관장, 의회의장, 지역구 국회의원, 지역유지가 연이어 인사말을 했어요. 국제행사라고 영어와 일본어로 통역도 하더군요. 그렇게 한 40분을 뙤약볕 아래에서 서서 기다렸는데, 주민과 관광객의 입장을 전혀 고려하지 않는 것 같아 씁쓸하더군요."

그 후로도 부산국제영화제에서 수상한 작품들이 세계적으로 유명한 국제영화제에 초청받은 사실, 부산영상센터 전용관 '두레라움'에 관한 소식, 부산으로 온 해외관광객이 1년에 220만 명이 넘었다는 사실 등 부산국제영화제와 부산에 관련된 이야기를 나누었다.

고속전철이 부산역으로 들어섰다. 역사는 새로 정비를 했는지 깔끔했으며 이용객들로 붐볐다. 휴일이자 국제영화제가 열리고 있어서인 듯했다.

진정과 인정은 택시를 잡아타고 해운대로 향했다. 어느새 비가 그쳤는지 빗방울 대신 햇빛이 항구도시 부산을 감싸고 있었다. 도로변에는 영화제를 알리는 배너가 걸려 있고 피카소 그림 비슷한 포스터도 붙어 있었다. 스폰서를 하고 있는 기업들의 부스에는 홍보영상, 홍보물, 기념품들이 비치되어 지나가는 관광객들의 시선을 끌었다. 해운대 백사장에서는 비치발리볼을 하는 사람들, 모래를 쌓아 캐리커처를 만드는 사람들, 해변을 거니는 사람들이 보였다. 진정과 인정도 해변을 걷기로 했다. 예약한 영화의 상영 시간까지는 두 시간 정도 여유가 있었다.

***

인정은 남편이 아닌 남자와 기차 여행을 하고 개방된 해변을 걷는 게 쑥스러우면서도 야릇했다. 그래도 진정에게 친숙함을 느꼈다. 문화예술이라는 화제가 공통 관심사여서인지 대화도 잘 풀렸고 경계심도 없었다. 대학을 졸업하자마자 결혼한 남편은 무뚝뚝한 편이었고 즐겨 보는 책도 특수기호로 가득한 것 같았다. 남편은 주로 연구실에서 살다시피 하였다. 그래서 그녀는 남편과 긴 대화를 나누거나 외출하여 데이트를 한 기억이 없었다. 그것이 불편한 적도 없었다. 하지만 진정과 걷고 있자니 남편과의 관계가 밋밋했다. 인정은 얼마 후 어두운 영화관에서 진정과 나란히 앉아 있게 될 것을 생각하고 가슴이 두근거렸다.

***

진정은 인정과 부산까지 동행하고 있다는 사실이 놀라웠다. 애초에 먼발치에서만 보겠다고 마음먹지 않았던가. 그녀와 2년여 동안 메일을 주고받으며 교감을 나누어서인지 첫 만남부터 편안했다. 그리고 그것이 생각지도 못한 오늘에 이어졌다. 다만, 그녀가 자신이 현명과 동일인임을 알아차려서는 안 된다는 부담감은 있었다.

아내를 떠올리니 인정과 하고 있듯이 나란히 걸어본 적이 없었다. 아내와는 나이 차이가 많았고 선을 본 지 얼마 되지 않아 결혼하고 허니문 베이비로 딸을 낳았기에 신혼이라는 것을 즐길 겨를도 없었다. 인정과 걸으며 진정은 남녀의 데이트가 이런 것이구나 하고 생각했다. 인정은 그런 진정의 생각을 아는지 모르는지 스무 살짜리처럼 소리 내어 웃으며 계속 재잘거렸다.

영화를 보고 횟집에서 이른 저녁 식사를 한 다음 서울행 KTX를 탔다. 진정과 인정의 대화는 끊이지 않았다. 인정은 영화의 기원과 프랑스의 시네마테크 프랑세스에 대해 설명했고 진정은 들으며 때로는 맞장구를 쳤다.

열차가 대전역을 지날 무렵 인정이 졸기 시작했다. 힘없이 끄덕이던 그녀의 고개가 진정의 어깨에 기대더니 안정을 찾았다.

진정은 최근에 인정에게 보낸 메일을 떠올렸다. 영화에 대한 이야기였다.

··· 대중이 처음으로 영화를 접할 수 있었던 곳은 파리예요. 1895

년 12월 카퓌신 대로변의 그랑 카페에서 최초로 영화가 상영되었죠. 당시 관객들은 1프랑을 지불하고 모두 10편의 단편영화를 보았다고 합니다. 영화는 매우 인기가 좋아서 관객들은 길게 줄을 서서 카페 안으로 들어갈 순서를 기다렸으나 어떤 때에는 사람들로 넘쳐나 경찰이 통제를 해야 할 정도였대요.

참, 제1차세계대전 중에 포로가 된 프랑스 장교와 독일군 포로수용소장의 우정을 다룬 영화 〈위대한 환상〉을 감독한 장 르누아르는 누구일까요? 그는 바로 〈뱃놀이하는 사람들의 점심 식사〉, 〈푸른 옷의 여인〉, 〈물랭 드 라 칼레트의 무도회〉, 〈가브리엘과 장〉 등 여성들을 즐겨 그렸던 인상주의 화가 오귀스트 르누아르의 둘째 아들이랍니다. 대부분의 사람들이 볼프강 아마데우스 모차르트는 잘 알고 있는 반면 그의 아버지에 대해서는 잘 모르듯이, 역으로 르누아르 부자에 대해서는 화가인 아버지는 잘 알고 있지만 그의 아들 장은 잘 모르고 있지요. 하지만 그의 아들 장 르누아르도 예술사에 영원히 기록된 인물이라는 평가를 받고 있어요. 장도 아버지를 닮아서인지 여성, 특히 여배우를 좋아했죠. 〈목욕하는 여인들〉의 모델과는 아버지가 돌아가신 후 결혼까지 했다더군요. 장은 자신의 영화를 노련하게 잘 만드는 것보다는 사람들이 느끼게 될 감동에 방점을 찍었다고 해요.

한편 프랑스 파리에는 우리나라의 국립영상원보다 넓은 개념을 지닌 영화와 관련된 시설이 있지요. 바로 시네마테크 프랑세스예요. 2005년 베르시에 신축 이전된 건물로 영화 박물관과 상영관이 있지요. 건물의 설계자가 스페인 빌바오의 구겐하임 미술관을 설계했던 프랭크 게리라는 유명세 외에도 일반 극장에서 상업성이 없다는 이유로 개봉되지 못한 영화들을 발굴하여 상영한다는 정신이 돋보입니다.

4만 편의 영화가 소장되어 있고 연간 2,000편 이상의 영화가 상영된다고 하네요.

드골이 대통령이 되었던 1950년대에 영화를 다르게 만들려고 마음먹은 새로운 세대가 출현했는데 이들을 누벨바그라 칭하죠. 그들 중 장 뤽 고다르는 〈네 멋대로 해라〉라는 작품을 발표했지요. 차를 훔치거나 이렇다 할 이유 없이 경찰을 쏘고 쫓기는 건달과 샹젤리제에서 신문을 팔면서 기자가 되기를 꿈꾸는 소르본 대학에 재학 중인 미국인 여대생의 이야기예요. 감독이 경제적인 이유로 핸드헬드 카메라를 사용하는 등 당시 영화의 평균 제작비의 절반으로 만들었다고 하더군요.

마지막으로 칸 영화제에 대해 간략히 소개할까요. 이 영화제는 1930년대 말 베니스 영화제에 파시즘 정권이 관여하자 그에 반발해 창설되었답니다. 초기에 전쟁으로 인한 중단, 재정적인 이유로 중단, 시사회 중지 데모로 인한 중단 등 우여곡절을 겪은 후에야 자리를 잡았어요. 공식 부문은 5개로 매년 20여 편이 초청되는 장편경쟁 부문이 가장 유명하죠. 〈미션〉이라는 영화가 장편경쟁 부문에서 일등상인 황금종려상을 수상한 적이 있습니다. 우리나라는 1984년 이두용 감독의 〈물레야! 물레야〉가 주목할 만한 시선 부문에 최초로 초청되었죠. 그 후 〈올드보이〉가 심사위원대상을 수상하였고, 2007년에는 장편경쟁 부문에 오른 〈밀양〉에서 열연한 전도연 씨가 여우주연상을 받았으며, 이창동 감독의 또 다른 작품 〈버닝〉이 2018년 칸 영화제에서 주목을 받았지요. •••

진정은 자기가 보낸 메일을 떠올리다가 마음 한구석에 자리하는 왠지 모를 불편함과 서글픔을 느꼈다. 그는 메일의 내용을 채우기 위해 전문 서적을 읽고 인터넷에서 자료를 찾아서 정리하고 또 현장을 방문하면서 적지 않은 시간과 비용을 들였고, 그것을 현명이라는 이름으로 보내왔다. 그래도 즐거운 마음으로 정성을 다했는데, 인정이 알고 싶어 한다는 단 한 가지 이유에서였다. 그런데 인정은 현명이 준 정보를 진정과 만날 때마다 번번이 활용했다. 만약 현명과 진정이 한 사람이 아니라면 아무렇지 않을 수도 있겠지만 분명 둘은 한 사람이었다. 게다가 최근 들어 인정이 메일을 확인하는 시간이 지체되는 것도 마음에 걸렸다. 인정은 자기가 요청한 정보를 담은 답 메일에는 그렇지 않았으나 다른 메일에 대해서는 예전에 비하면 회신에 무성의했다.

진정은 인정이 졸면서 떨어뜨리는 머리를 손으로 받아 자기 어깨에 놓았다. 그는 인정과 데이트하며 행복했다. 하지만 소울메이트로서 소홀해지는 게 서운했다. 자신이 그렇듯이 그녀 역시 남편과 누리지 못한 것을 이제야 알게 되어 그 즐거움에 빠져 있는지도 몰랐다. 그는 '그래, 당분간 인정이 알고 싶어 하는 것을 찾아주고 도와주는 셈 치자. 혹시 모르니 가끔 파리 일상생활도 적어야겠지' 하고 마음을 먹었다.

재회

30. 파리의 일상 1

인정 씨

그동안 파리의 문화와 예술만 이야기했네요. 파리라는 도시와 이곳에 살고 있는 사람들 이야기도 좀 할까요?

파리의 위도는 북위 48도입니다. 휴전선 부근이 북위 38도인 우리나라보다 훨씬 북쪽에 위치해 있지요. 겨울에는 오후 5시도 되지 않아 깜깜해지지만 여름에는 밤 10가 되어도 야외활동을 할 수 있을 정도지요. 관광객들이 여름철에 많은 까닭도 낮 시간대가 길어서일 겁니다. 겨울철에는 흐린 날씨에 해가 늦게 뜨고 일찍 지기 때문에 관광하기가 녹록하지 않습니다. 한겨울 평균기온이 영상 2도에서 8도이고 한여름의 평균기온도 15도에서 24도로 우리나라에 비해 겨울은 덜 춥고 여름은 덜 더운 편이죠. 하지만 겨울에는 체감 기온이 낮고 5월까지는 썰렁한 편이기 때문에 파리지앵들은 그때까지도 오버코트에 목도리를 두르고 다니지요.

지도를 보면 파리는 좌우로 타원형 모양이며 동서로 12킬로미터, 남북으로 9.5킬로미터로 면적은 서울의 1/6 수준인 102제곱킬로미터예요. 파리 시에 거주하는 사람들은 약 250만 명이며 파리 인근 지역을 포함한 일드 프랑스의 인구는 약 1,000만 명에 이릅니다. 파리의 센 강 위에는 36개의 다리가 있고 그중에 가장 오래된 다리가 퐁네프이며 순환도로의 길이가 36킬로미터라고 해요.

1897년에 공사를 시작한 지하철은 현재 지선 2개를 포함한 16개 노선에 303개의 역이 있습니다. 대부분의 지하철이 오래되어서 수동으로 문을 열고 닫아야 하며 지하철역 구내에도 공중화장실이 없는 것이 특징이죠. 다행히 지하철망이 오밀조밀하게 설치되어 있어서 시내의 아무 곳에서나 500미터만 걸으면 지하철역을 발견할 수 있지요. 시내의 도로는 조그마한 골목길까지 포함하면 무려 5,000개가 있는데 총 연장은 1,700킬로미터에 이릅니다. 대부분이 일방로인 도로 위를 62개 노선의 시내버스가 다니고 있어요. 버스 뒷면에 IRIS라고 쓰여 있는 것을 보면서 예전에 인기가 있었던 드라마의 제목이 떠오르더군요. TV 프로그램을 연상하면서 '파리에는 아이리스 버스가 있다/없다?' 라는 질문을 생각해본 적도 있어요.

도로 위를 걸을 때에는 개똥을 조심해야 합니다. 개를 많이 키우고 있는 파리 시민들이 개를 데리고 산책을 나와 개의 생리적 애로사항을 길거리에서 해결하도록 하는 모습을 자주 목격할 수 있지요. 주인은 개가 길거리에 실례를 해도 무덤덤한 표정으로 주위를 전혀 의식하지 않더군요. 한국에서 놀러온 친구의 딸이 무심코 밟은 개의 배설물을 차 안으로까지 옮겨와 한동안 그 냄새 때문에 힘들었던 경험도 있지요. 파리에 대해 환상을 갖고 있다면 이런 일상을 듣고 어떻게 느꼈을지 모르겠네요.

그럼, 이만 줄일게요.

현명 드림

31. 제주 올레길

진정과 인정은 제주 성산포에서 우도로 향하는 배에 몸을 실었다. 이전의 약속이 문화와 예술 체험이었다면 이번에는 달랐다. 자연 그 자체를 느껴보자는 인정의 제안으로 이루어졌다. 진정도 제주특별자치도 여행이 육·해·공이라는 공간에서 같은 시간에 인정과 함께 있을 수 있다는 기대에 부풀어 있었다. 서울-제주행 왕복 비행기는 하늘을, 우도-성산포 왕복 여객선은 바다를, 그리고 우도의 올레길은 육지를 체험할 수 있게 하기 때문이었다.

여객선의 갑판 위에서 바닷바람에 흩날리는 머리카락을 추스르며 인정이 먼저 말을 꺼냈다.

"대도시를 벗어나 맑은 공기를 들이키며 자연 속으로 한 걸음씩 들어가니 기분이 더욱 좋아지네요."

진정이 호응했다.

"예, 저도 기분이 매우 좋습니다. 좋은 날씨에 좋은 동반자와 함께 좋은 곳을 향하고 있기 때문이죠."

"진정 씨는 늘 긍정적이신가 봐요. 부족한 저에 대한 칭찬을 아끼시지 않는 걸 보니."

"아닙니다. 결코 칭찬한 것이 아니에요. 나는 내 마음을 알리려 해도 언어로는 삼십 퍼센트 정도밖에 표현할 수 없는걸요."

인정이 활짝 웃으며 대꾸했다.

"절 또 놀리시는 거죠!"

진정이 눈에 미소를 담고 정색을 하며 말했다.

"절대로 인정 씨를 놀리는 것이 아니에요. 앞으로 인정 씨에 대한 저의 표현이 있으면 최소한 세 배를 곱하여 받아들여주세요."

인정은 싫지 않은 눈치였다. 그녀가 남편을 만난 지 20년이 지났으니 함께한 시간으로 셈하면 10만을 넘겼다. 하지만 지금까지 단 한 번도 그녀의 옷차림이나 화장, 말에 대해 남편이 칭찬해준 기억이 없었다. 그런 남편이 싫다거나 하는 생각을 해본 적은 없지만, 상냥하게 칭찬해주는 진정에게 마음이 끌렸다. 그녀는 누구나 칭찬을 받고 싶어 하는 욕구가 있으며 자기 기분 역시 그래서일 것이라고 생각했다.

진정이 섬 쪽을 바라보며 말했다.

"섬에서 더 작은 섬으로 들어가니 '깊은 산속'이라는 표현이 생각나네요. 먼 산속이 아니라 깊은 산속 말예요. 단순한 낙도가 아니라 마치 동심원의 한가운데로 다가가는 듯한 '깊은 섬'이라는 느낌이요."

인정이 대꾸했다.

"예, 날씨도 맑고 파도가 잔잔해서 그런 느낌이 가능한 것 같아요. 만약, 비바람이 부는 날씨에 거센 파도가 친다면 오히려 동심원 밖으로 튕겨나가는 느낌이 들지도 모르겠군요."

어느덧 여객선이 마치 거대한 지남철에 끌려가듯이 선착장에 닿았다. 두 사람은 부두에 대기 중이던 관광용 버스를 타고 우도 등대가 있다는 우도봉으로 향했다. 일제강점기에 만들어졌다는 낡은 등대 옆에 새로 지어진 등대는 야간에 53킬로미터까지 비춘다고 했다.

진정이 나지막하게 시를 암송했다.

“저기 멀리 보이는 수평선과 지평선이 만나는 공간은 어디일까요? 아마 그곳에 가면 그 둘은 다시 더 멀리 달아나 있겠죠? 이런 생각을 하니 초등학교 때 선생님이 들려주셨던 시 한 편이 떠오르네요.”

산 너머 언덕 너머 저 멀리에
행복이 있다고 사람들은 말하네.
아아, 나는 남을 따라갔다가
눈물만 머금고 왔다네!
산 너머 언덕 너머 더욱더 멀리에
행복은 있다고 사람들은 말하네

“예, 저도 독일의 시인 카알 부세의 그 시를 좋아해요. 그 시를 떠올릴 때면 무지개가 연상되더라고요. 어릴 때 무지개를 쫓아가본 적이 있어요? 들판에 피어오른 무지개를 잡기 위해 뛰어갔지만 그 무지개는 더 멀리 도망가 있는 거예요. 다시 큰맘 먹고 더 멀리까지 쫓아갔지만 무지개는 더욱 먼 곳으로 달아나 있고요. 또다시 그 무지개를 잡으려 더 멀리까지 쫓아갈까 하다가 문득 두려운 마음이 들지요. 집에서 너무 멀리까지 갔다가 되돌아오는 길을 잃어버릴까 봐서요. 그래서 더 멀리 가지 못하고 발길을 돌리고 마는 거죠.”

시를 음미하느라고 그러는지 그 시절을 기억하느라 그러는지 둘 사이에 잠시 침묵이 흘렀다.

다시 인정이 말을 이었다.

"그때 집으로 되돌아오면서 몇 번이나 뒤돌아보았는지 몰라요. 무지개는 저기서 여전히 아름다웠으며 저는 거기까지 가보지 못한 것이 참 아쉬웠지요. 하지만 그런 경험은 딱 한 번뿐이었어요. 그 후로는 무지개를 쫓아가는 일은 없었지요. 그렇게 뛰어가 봐야 무지개를 잡을 수 없다는 것을 알아버렸거든요."

"인정 씨, 만약 몇 걸음만 더 다가가면 그 무지개도 다가올 것이라는 확신이 든다면 무지개를 잡으러 갈 수 있겠어요?"

"글쎄요. 한 번쯤은 시도해볼 수도 있겠죠. 가지 않았던 길에 대한 미련이 생기지 않도록 말이죠."

두 사람은 우도봉에서 해안가로 놓여 있는 좁은 길을 따라 해변으로 향했다. 해변의 모래는 검은색이었으며 그래서 검멀래해안으로 불린다고 했다. 검은 모래 위를 천천히 걸어서 한참 후에 도착한 곳은 경안동굴 입구였다. 인정이 호기심 가득 찬 표정으로 동굴 입구 주위를 살피는 동안, 진정은 둘이 걸어온 모래사장을 돌아보았다. 그곳에는 자신과 그녀의 발자국이 선명하게 새겨져 있었다. 그 순간, 파도가 밀려와 발자국을 지워버렸다. 그런데 약간 높은 모래언덕 위의 발자국은 그대로 남아 있었다. 파도가 만들어준 하얀 이불 속에 인정과 자신이 누워 있다고 상상하자 자기도 모르게 하복부가 꿈틀거리는 느낌이 들었다. 참으로 오랜만에 자신의 몸이 여성의 육체에 대한 욕망을 알리고 있었다. 심장이라는 발전소에서 생산된 뜨거운 전류로 작동되는 그 신호가 만약 전구와 같다면 분명 붉은색일 것이었다.

관광객들과 함께 인정이 다가왔다.

"뭘 보고 있어요?"

"아 예, 모래사장 위에 새겨진 발자국들이 파도가 어루만지면 이내 흔적 없이 사라지는 모습을 보고 있었어요. 하지만 파도가 닿지 않는 부분에 새겨진 발자국은 그대로 있는데 인정 씨와 저의 발자국도 아직 남아 있어요."

"아! 하지만 그 발자국들도 다른 사람들이 다시 밟거나 밀물이 밀려오면 사라지겠죠."

진정은 평소와는 달리 냉소적인 반응을 보이는 인정이 서운했다. 한편으로는 가정이 있는 여자의 입장에서 흠이 될 수 있는 흔적이 남는 것을 본능적으로 두려워할 수도 있겠구나 하고 생각했다.

횟집에서 저녁 식사를 마치고 호텔로 돌아온 두 사람은 한 시간 후에 호텔 바에서 만나기로 하고 각자의 객실로 들어갔다.

인정은 호텔 방에 들어서자마자 휴대전화를 꺼내 남편에게 전화를 걸었다. 남편은 별다른 말없이 잘 지내다 오라고 하고는 전화를 끊었다. 남편은 늘 그랬다. 먼저 전화를 해온 적이 거의 없었다. 그녀는 평소라면 잔정이 없는 남편에게 서운함을 느꼈겠지만 오늘은 오히려 고마웠다. 꼬치꼬치 묻지 않아서 얼버무리거나 거짓말하지 않아도 되어서였다. 인정은 마음 놓으며 세면도구를 들고 욕실로 들어갔다.

샤워기에서 쏟아지는 물줄기에 의해 비누거품이 흘러내리는 피부 위로 자신의 손길이 스치자 그녀는 야릇한 느낌이 들었다. 마치 자신의 손길이 진정의 것인 양 느껴졌다. 진정과는 몇 번의 신체접촉이 있었다. 부산의 극장 안에서 팝콘을 집기 위해 봉지 속으로 손을 넣었다가 막 빼내고 있던 손과 가볍게 부딪혔으며, 오늘 오후 올레길을 걷다가 발을 잘못 디뎌 휘청거리자 팔을 내어 몸을 받쳐주었고, 승마장에서 말에 같이 올라타야 했을 때에는 뒤에서 조심스럽게 감싸 안아주었다. 기억을 떠올리는 그 순간 인정은 저녁 식사할 때 안주가 좋다며 시킨 소주를 딱 한 잔 받아 마셨는데 몸이 풀리고 이상한 연상을 하며 야릇한 느낌을 즐기는 자신이 놀라웠다.

진정이 호텔 바에 들어서니 인정은 아직 보이지 않았다. 고기잡이 배들의 집어등 불빛이 바라보이는 창가 테이블에 앉았다.

10분쯤 지나 인정이 나타났다.

"제가 좀 늦었네요."

"아니에요. 인정 씨가 먼저 와 있으면 큰일 나죠. 이 시간에 인정 씨 같은 미인이 호텔 바에서 혼자 앉아 있으면 주변의 남성들에게 고문이 되겠죠."

"제가 미안해할까 봐 일부러 그렇게 말 안 하셔도 돼요."

인정은 자신을 띄우는 말이라는 것을 알면서도 진정에게 친밀감을 느꼈다.

"제가 인정 씨에게 어울리는 와인을 미리 시켰습니다. 프랑스산 로제 와인으로 말이죠."

웨이터가 와인과 아이스 통, 치즈가 든 접시를 가져왔다.

"어느 분이 테스팅하실 건가요?"

"아, 제가 하겠습니다."

진정이 와인 잔을 들었고, 웨이터가 잔 밑바닥에 깔릴 정도로 와인을 따랐다. 진정은 손목을 이용하여 45도 각도로 와인 잔을 기울여 향을 맡은 다음 반 모금을 입에 머금고 혀끝으로 맛을 음미하고는 소리 나지 않게 조심스럽게 삼켰다. 진정이 고개를 끄덕이자 웨이터는 인정과 그의 와인 잔에 와인을 채우고 '즐거운 시간 되십시오'라는 인사

말을 건네더니 물러갔다. 두 사람은 와인 잔을 들어 가볍게 부딪힌 후 향을 맡고 입술에 대었다.

인정은 향기롭고 부드러운 와인이 입술 점막세포를 통해 처음으로 체내에 흡수되는 것을 느꼈다. 혀와 구강, 그리고 식도를 거쳐 위장으로 들어가면서 몸의 긴장이 조금씩 이완되는 느낌이 들었다. 생활공간을 떠난 객지에서 남편이 아닌 남자와 단둘이서 와인을 마시고 있다는 사실이 믿기지 않았다. 자기 자신이 아닌 다른 여인이 동화 속 주인공처럼 백마를 타고 온 신사와 마주 앉아 사랑을 속삭이는 장면을 바라보고 있는 것 같았다.

인정은 이렇게 고급스러운 분위기라면 고상한 이야기를 해야 한다고 생각했다.

"프랑스 와인을 마시니까, 프랑스 이야길 하나 할까요. 예전에 파리여행 중에 오르세 미술관에 들렀어요. 그곳에는 인상주의 화가들의 그림들이 전시되어 있는데 학창 시절 미술 교과서에 보았던 그림들이 많아서 반가웠어요. 쿠르베라는 프랑스 화가가 그린 〈세상의 기원〉이라는 작품도 보았어요. 여성의 은밀한 부분을 그린 그림인데 제목이 독특해서 유명해지지 않았나 싶어요."

〈세상의 기원〉은 진정이 인정에게 메일로 소개해준 그림이었다. 인정이 자신의 정체를 몰라야 하기 때문에 다른 때 같으면 가만히 경청했겠지만 이번에는 그가 자기도 모르게 맞장구를 쳤다. 저녁 식사 때 마신 소주와 호텔 바 분위기에 느슨해진 것 같았다.

"저도 파리에 갔을 때 오르세 미술관에서 그 그림을 보았어요. 경안동굴 속으로 들어갔을 때 그 작품이 떠오르더군요. 작품 속 그녀의 몸속으로 들어온 느낌이랄까? 뭐, 엄마의 자궁 속으로 시간여행을 하는 그런 느낌이었죠."

"어머, 그랬어요? 진정 씨는 참 감수성이 예민하고 상상력도 풍부하신 분이네요."

인정은 앞에 있는 진정이 이메일을 주고받는 현명이었으면 좋겠다고 생각했다. 그러고 나자 오늘 저녁은 진정이 현명이라고 생각하기로 마음먹었다. 스스로 치기 어리다고 자책하면서.

호텔 바에서 2시간이 지났다. 인정은 정신과 육체가 나뉜 듯했다. 이슬비에 옷 젖는다더니 분위기에 취해 편안한 마음으로 홀짝홀짝 마신 와인에 취해서였다. 혀가 꼬이고 몸은 축 늘어지면서 시야가 흐릿했다. 유리창 밖 먼 바다 위의 집어등이 하늘의 별빛처럼 보였다.

진정은 취한 인정을 부축해서 객실로 안내했다. 객실 원탁에는 호텔 지배인 명의로 보내온 와인 한 병과 조그마한 과일 바구니, 그리고 두 개의 와인 잔이 놓여 있었다.

"와, 와인이네! 이 와인은 어떤 맛일까요? 우리 한 잔만 더해요."

"인정 씨 많이 취한 것 같으니 딱 한 잔만 하는 겁니다."

***

목이 타는 듯한 느낌에 인정은 잠에서 깼다. 숙취로 두통이 밀려왔다. 몸을 일으켜 앉는 순간 그녀는 침대에 혼자 있지 않은 것을 알고 소스라치게 놀랐다. 진정이 함께였다. 더욱이 자신의 몸에 실오라기 하나 걸쳐져 있지 않았기에 가슴이 철렁 내려앉았다. 옆으로 말려 있는 이불로 잽싸게 몸을 감싸며 생각을 더듬었다. 호텔 바에서 와인을 마신 다음 객실로 돌아와서 탁자에 있는 와인을 마신 것까지는 기억이 났는데, 그다음부터는 가물가물했다. 둘 모두 옷을 벗고 있으니 잠자리를 했을 수 있다는 말인데……. 생각이 거기까지 이르자 불안해졌다.

'그럼 간밤에 꿈처럼 느껴졌던 것이 실제상황이었단 말인가! 지금까지 전혀 느껴보지 못했던 그 느낌이 오르가즘……. 아이 쑥스러워 어쩌지!'

인정은 조심스럽게 침대에서 빠져나와 옷을 챙겨 입었다. 인기척에 진정이 잠을 깼다. 그 역시 놀랐는지 옷을 챙겨 입고는 미안하다면서 도망치듯 방을 나갔다. 그녀는 진정이 나가고 나서도 한참 동안 몽롱해 있었다. 육체의 환희에 대한 기억과 후회스러운 마음이 교차했다.

'외도가 이런 것인가? 꿀도 있지만, 가시도 있구나! 어떻게 남편의 얼굴을 보지, 아니 당장 오늘 아침에 진정 씨를 봐야 하는데…….'

인정이 객실 문 아래로 들어온 메모지를 발견한 것은 아침 식사 때가 되어서였다. 이런저런 상념에 빠지고 때론 대응 방안을 생각해내느라 시간이 꽤 흘렀다는 것도 모르고 있었다. 메모에는 진정이 호텔 식당에서 기다리겠다고 적혀 있었다.

호텔 식당으로 들어선 인정은 쑥스러웠지만 조용히 진정의 맞은편 의자에 앉았다. 진정이 밝은 표정으로 가볍게 목례를 하고 식탁 위에 펼쳐진 메뉴판을 검지로 가리키며 물었다.

"어제 과음을 했으니 북어해장국 어때요?"

"그게 좋겠네요."

그는 음식을 시키고 창 쪽을 보더니 지나는 투로 말했다.

"오늘도 날씨가 참 좋군요."

인정은 진정이 아무 일도 없었던 것처럼 가볍게 대화를 시도하고 있음을 알아챘다. 어젯밤 일로 난처해할지도 모르는 자신을 배려해주는 것이리라.

***

제주도에서 돌아온 지 일주일이 지났다. 인정은 거실에 앉아 제주도에서 보낸 그날 밤을 떠올렸다. 난생처음 남편이 아닌 남자와 함께한 잠자리였다. 무엇보다도 남편에게 죄스러운 마음이 들었다. 현명과는 소울메이트로 2년 가까이 이메일을 주고받았고 진정과도 몇 번의 데이트를 했다. 그때에도 남편에게 미안한 마음이 없지 않았다. 하지만 지금 느끼는 죄스러운 마음은 그런 미안함과 차원이 달랐다. 비록 마음속으로는 한눈을 팔았지만 자신의 몸과 마음은 남편에게 있다는 심리적 안전망이 사라진 것이었다. 죄책감은 그런 안전망이 무너진 데서 생겨났다. 죄책감 사이로 문득문득 진정과의 육체적 관계의 장면들이 떠오를 때면 자신도 모르게 몸이 야릇한 반응을 하는 것을 느낄 수 있었다. 참으로 간사한 것이 인간이었다. 제주도에서 돌아온 그날 저녁에는 남편이 알아차리면 어떡하나 하는 두려움과 죄스러운 마음에 남편의 얼굴을 정면으로 쳐다보기가 두려웠다. 하지만 아무 일 없이 하루하루가 지나자 남편에 대한 죄스러운 마음 사이로 진정과의 육체적 환희에 대한 기억의 비중이 점점 커졌다. 나아가 '그때 술이 덜 취한 상태로 진정과의 육체적 관계를 보다 생생하게 느낄 수 있었으면' 하는 아쉬움마저 생겼다. 난생처음 느낀 오르가즘을 비몽사몽 중에 경험한 데서 오는 아쉬움이었다.

***

진정은 제주도에서 돌아온 후 인정과의 관계에 대해 생각해보았다. 이메일을 통해 서로의 생각을 주고받으면서 정신적으로 가까워졌고, 귀국하여 몇 번의 데이트를 한 후 갖게 된 육체적 관계라 그런지 담담했다. 그러면서도 서로 양립하기 곤란한 두 가지 생각이 교차했다. 이메일을 통해 문화예술을 매개로 서로의 내면을 교류하면서 형성된 소울메이트 관계가 육체적 관계로 인해 변질되어버리지는 않을까 하는 우려였다. 반면에 인정과의 첫 관계를 되새김하면서 '터치 하나하나에 반응을 보이며 신음소리와 함께 양손으로는 침대 커버를 힘껏 잡아당기면서 절정에 오르는 그녀의 모습'을 즐기고 있었다.

진정은 이번 기회에 아내에 대한 입장을 정리해보기로 했다. 지난번 인정과의 잠자리는 결혼 후 아내 이외의 여자와 나눈 첫 외도였다. 하지만 생각보다 아내에 대한 미안함이 덜했다. 파리에 있는 동안 일명 기러기 아빠로 방치되었던 일, 한국 복귀 후에도 여전히 미국에 남겠다는 아내의 고집, 아내가 다른 남자들과 어울려 골프를 즐기고 있다는 전언들을 감안했기 때문이다. 파리에서 외도의 기회가 없지는 않았다. 파리로 출장 나왔던 골드미스 P대리가 자유분방한 파리의 분위기와 와인이 가져다준 로맨스, 그리고 익명성이 보장된 해외라는 점에 현혹되었는지 그를 유혹했다. 그때 그는 미국에서 고생하는 아내와 딸의 얼굴을 떠올리며 거부했다. 하지만 어쩌면 아내가 자신을 사랑하고 있지 않을지도 모른다고 의심하고 나서는 아내와의 관계회복이 쉽지 않겠다고 생각했다. 그래서 인정과의 육체적 관계를 거부하지 않았으며, 어쩌면 '미필적 고의'로 그것을 바랐을 수도 있었다.

32. 파리의 일상 2

인정 씨

오늘도 파리의 일상생활 공간에 대해 소개해줄게요.

파리 시내를 걷다 보면 많은 동상과 석상들을 볼 수 있습니다. 이것은 유럽의 도시가 공통으로 갖고 있는 특징이기도 해요. 프랑스는 국가와 사회에 기여한 사람들이 다양하고 많아 프랑스에만 600여 개의 조각상이 있다고 합니다. 왕과 정치인, 사회사상가, 문인, 음악가, 또 외국인으로는 미국의 조지 워싱턴, 벤저민 프랭클린, 영국의 처칠 수상의 조각상이 있습니다. 남성이 대부분인 동상과 석상들 중에는 에디트 피아프, 잔다르크와 같은 여성의 것도 섞여 있더군요.

조각상들 아래를 지나가면서 내가 그들을 보는지 아니면 그들이 나를 보고 있는지 순간 착각할 때가 있지요. 내가 그들을 볼 때에는 지난 역사 속에서 그들의 삶과 업적을 생각하게 되고, 그들이 나를 본다는 생각이 들 때에는 내가 과연 공동체를 위해 어떠한 기여를 하고 있는지 감독당하는 느낌이 들었답니다.

파리에는 유명한 사람의 이름을 딴 학교, 지하철역, 그리고 거리가 많아요. 보통 사람들이 살고 있는 집에도 유명한 사람의 이름이 적힌

돌로 된 현판이 붙어 있지요. '장소의 기억'이라는 시민단체가 문화예술인이 살았던 집에 붙인 것이라더군요.

도로변 가게의 간판들은 자그마하고 눈에 띄려고 애쓰지 않는지 화려하지도 않지요. 횡단보도의 신호등과 가로등의 기둥도 단순한 밤색으로 주변과 섞여 있어요. 입구에 헥토르 기마르가 설계한 초록색 계통의 철제와 붉은색 'Metro'라는 글씨의 표지가 설치된 역도 있습니다. 밤이 되어도 네온사인이 거의 없고 백열등으로 된 가로등 불빛이 안정감을 주지요.

창밖의 길거리 풍경을 내려다보면서 편안한 마음이 들어서 그런지 스르르 졸음이 오네요.

그럼, 이만 줄일게요.

현명 드림

33. 수상한 이메일

어느 날 최인정은 자신의 이메일 계정에서 '나는 당신이 한 일을 알고 있다'라는 제목을 발견했다. 순간 가슴이 철렁하는 느낌이 들었지만 애써 '아무것도 아니겠지' 하는 마음으로 메일을 열었다.

"존경하는 가정주부님

지금까지 남편과 아들의 뒷바라지를 하여 모두 다 잘되었다고 들었습니다.

이제 당신은 가정을 위해 적극적으로 해야 할 일이 거의 없지요.

그래서 낮 시간대에는 당신 혼자 무료하게 지내야 한다는 것을 이해합니다.

하지만 그 시간을 당신처럼 불건전하게 보내야 하는지에 대하여는 동의할 수 없습니다. 시간 많은 모든 가정주부가 불건전한 짓을 저지르지는 않으니까요.

오랫동안 당신을 지켜보았는데, 당신은 결코 그토록 나쁜 행위를 할 사람이 아니었어요. 하지만 이제 당신에 대한 믿음을 거두어야 할 시점이 되었다는 생각이 드는군요.

당신이 하고 있는 행위가 주변 사람들에게 치명적인 상처가 된다는 점을 누구보다 당신이 더 잘 알지 않습니까!

주변에 알려져서 가정이 깨지고 당신을 아끼는 분들이 사회적으로 큰 창피를 당하기 전에 당장 그 짓을 그만두시기 바랍니다.

당신이 했던 일을 구구절절이 나열할 수도 있지만, 그 일은 당신이 더 잘 알기 때문에 불필요한 것이라 판단되어 그러지 않겠습니다.

아무쪼록 현명한 판단과 그에 따른 절제 있는 행동으로 거센 파도가 잠잠해져 호수 같은 평온을 되찾기를 기대합니다.

앞으로 일어날 모든 일은 당신의 선택에 달렸습니다."

인정은 메일을 읽어가면서 불안했던 마음이 공포로 바뀌어가더니 다 읽고 나서는 하늘이 노래지고 정신이 멍해져 마치 혼이 나간 것 같은 느낌이 들었다.

'누굴까? 나의 지난 일들을 다 아는 사람이 보냈을까? 아니면 다른 사람에게 가야 할 메일이 내게 온 것일까? 혹시 누가 장난으로 이런 메일을 보냈지 않았을까? 나쁜 마음을 가졌다면 돈을 요구했을 텐데 그러지 않은 것을 보면…….'

생각이 여기가지 이르자 도저히 판단할 수 없을 정도로 혼란스러웠고 심장은 요동쳤다. 그녀는 경대를 뒤져 진정제 두 알을 먹었다.

한 시간쯤 지났다. 조금 진정되자 인정은 휴대폰을 꺼내어 먼저 자신에게 온 문자를 확인했다. 이상한 메시지는 없었다. 그녀는 진정에게 더듬더듬 문자를 보냈다.

"혹시 지금 시간 되세요? 급한 일로 상의드릴 게 있어요. 만나는 것은 곤란하고요, 조용한 데에서 제게 전화해주세요."

잠시 후 진정으로부터 전화가 걸려 왔다.

"무슨 일 생겼어요?"

"예, 오늘 이상한 메일을 받았어요."

"이상한 메일이라뇨?"

인정이 진정에게 메일에 적힌 내용을 대충 설명했다. 진정은 가만히 듣고 있었다. 그리고 인정이 말을 마쳤는데도 한동안 말이 없었다. 인정은 초조했다.

진정이 입을 뗐다.

"거참. 혹시 누가 그런 메일을 보냈는지 짚이는 사람은 없나요?"

인정이 얼른 대꾸했다.

"선뜻 생각나는 사람이 없어요."

"장난 메일일 수도 있고 아니면 우리 둘이 같이 있는 것을 우연히 목격한 인정 씨의 지인일 수도 있고, 우리 둘과 직접 이해관계가 있는 사람일 수도 있고."

"아, 지금 제가 차분하게 생각할 정신이 아니에요."

"일단 두고 보죠. 메일 내용이 무시하기에는 심상치 않으니 조심하면서 상황을 살펴보는 겁니다. 당분간은 만나지 않는 것이 좋겠어요. 그러면서 그런 메일을 보낼 만한 사람을 알아봅시다."

인정은 진정이 무슨 말을 하는지 알아들으면서도 당장 어떻게 하자는 말인지 가늠할 수 없었다.

진정이 계속해서 말을 이었다.

"지금부턴 문자 메시지로만 연락하도록 하죠."

"네, 그럴게요."

거실 커튼이 젖혀 있는 게 눈에 띄었다. 인정은 놀라 일어나 커튼을 쳤다. 그 결에 한바탕 바람이 일었다. 소파에 무릎을 끌어당겨 앉으니 시계 소리가 머릿속을 헤집고 다녔다. 그녀는 어린 시절부터 지금까지 남에게 소리를 들을 만한 잘못을 저지른 적이 없었다. 그러니까 이런 식으로 불안하거나 초조했던 적이 없었다는 말이다. 그런 짓을 할 만한 사람을 우선 알아보자고 했지만 아무도 짐작 가는 사람이 없었다.

인정은 소파에서 일어나 서재 문을 열었다. 그곳은 남편 방이나 마찬가지였다. 그리고 남편의 성격만큼 깨끗이 정리되어 있었다.

'그이가 요즘 이상했던가?'

책상 위에는 노트북만 얹혀 있었다. 나란히 붙어 있는 서랍 두 개에는 안경과 필기구를 담은 필통과 집게를 비롯한 사무용품을 담은 소쿠리, 인쇄용 백지가 가지런히 놓여 있었다. 순간 무슨 소리를 들은 것 같았다. 인정은 조심스럽게 문 쪽으로 눈길을 돌리고 귀를 기울였다. 아무런 소리도 들리지 않았다. 그녀는 자꾸 노트북을 쳐다보았지만 거기에서 무슨 정보를 얻어낼 방법을 몰랐다. 메일을 확인하려 해도 비밀번호를 몰랐다. 그녀는 들어갈 때처럼 조용히 거실로 나왔다.

***

저녁 7시쯤에 현관 초인종이 울렸다. 벌써 하루가 저물었다. 인정은 현관 쪽으로 다가가며 허둥거리지 않도록 걸음을 조심스럽게 옮겼다. 하지만 다녀오느냐는 인사말을 건네려는데 목소리가 제대로 나오지 않았다. 조심스럽게 기침을 하고 얼른 고개를 돌렸다.

인정은 불안과 혼란 속에 저녁 설거지를 하는 둥 마는 둥 하고는 남편이 들어간 서재 문을 한참 동안 쳐다보았다. 퇴근 후 남편은 평소와 다르지 않았다. 아이에게 전화가 없었는지 물었고, 식사를 하는 내

내 TV를 보았으며, 식사를 마치자 신문을 들고 서재로 들어갔다. 그녀는 견디지 못하고 과일을 깎아 들고 서재로 들어갔다. 남편은 신문을 펴고 앉아 있었다. 그녀가 이런저런 말을 건네도 크게 신경 쓰는 것 같지 않았다. 문제의 메일과 관련된 것은 감지할 수 없었다.

안방에 들어와 우두커니 앉았던 인정은 화장대에 둔 라디오를 켰다. 하지만 허공에 시선을 둔 채로 귀를 기울이지 않았다. 마음을 다잡을 수 없었다. 얼마나 지났을까 남편이 들어오더니 아직 안 잤느냐며 묻고는 먼저 침대에 누웠다. 그러고는 이내 편안한 숨을 내쉬었다.

말로는 잘 표현할 줄 모르지만 배려할 줄 알고 가장으로서 책임감이 강한 남편, 그런 사람을 배신했다. 인정은 잠자리에서 뒤척이며 내내 그 생각만 하였다. '개구리를 처음부터 더운물에 집어넣으면 곧바로 튀어나오지만, 찬물에 넣은 후 천천히 열을 가하면 개구리는 물이 뜨거워지는 줄 모르고 있다가 죽고 만다'던 이야기가 불현듯 떠올랐다. 왜 갑자기 그런 생각을……. '남편이 아닌 다른 남자와 차 한잔 나누는 것도 꺼리던 내가 불륜을 저질렀다니! 처음 이메일로 시작된 마음속의 외도가 또 다른 남성을 만나서 육체적 외도로 이르게 한 디딤제 역할을 했는지도 모르겠다. 하지만 이렇게까지 쉽게 변해버릴 수 있다니 믿기지 않는다.'

그녀는 현명과 메일을 주고받은 것이나 진정을 만난 것을 자꾸 후회하였다. 그리고 한편으로 자꾸 남편을 의심했다.

'남편이 나의 불륜 사실을 알면서도 가정을 지키기 위해 전혀 내색하지 않고 이메일을 보내 스스로 정리하도록 한 것은 아닐까? 혹시 그 메일을 보낸 이가 진정 씨 부인은 아닐까? 만약 그의 부인이 알았다면 그 정도로 점잖게 경고하고 말까? 당장 너 죽고 나 죽자며 머리채부터

잡지 않았을까…….'

여러 가능성을 타진해보았지만 그 어느 것에도 확신이 서지 않았다. 다만, 메일의 내용으로 볼 때 진정의 부인이라기보다 남편일 가능성이 더 높았다. 인정은 만약 남편이 그 사실을 알았다면 하는 가정을 해보았다.

'그동안 아내를 믿고 사회활동에 전념해온 남편은 얼마나 큰 배신감을 느낄까! 그러한 남편의 얼굴을 어떻게 볼 수 있을까? 아울러 인자하게 대해준 시댁어른들은 무슨 낯으로 본다는 말인가? 독립운동가 집안의 자랑스러운 전통에 오점을 남긴, 남편과 집안의 명예에 먹칠한 여자를 과연 용서할 수 있을까? 친정아버지는 또 어떡하나? 유교적 전통을 중시하면서 엄격한 가정교육을 해온 아버지, 당신의 실망은 어떻겠는가! 믿는 도끼에 발등을 찍혀도 유분수지, 너는 내 딸이 아니다 하면서 부녀지간의 연을 끊어버릴지도 모르는 아버지! 어쩌면 나는 주변으로부터 받게 될 압박감을 견딜 수 없어 자살을 하게 될지도 모른다.'

인정은 두려움에 가슴이 답답했다. 걷잡을 수 없이 혼란스러워 호흡도 점점 빨라졌다. 경솔하게 책임감 없는 행동을 한 자신이 한없이 미웠다.

남편이 잠결에 인정의 손을 잡았다. 그녀가 뒤척이는 것을 느낀 모양이었다. 순간 인정은 울컥 울음이 났다.

인정은 하루 종일 머리를 감싸고 있을 때가 많았다. 조그만 소리에도 깜짝깜짝 놀랐고 집 밖으로 나갈 일이 생기면 하루 이틀 뒤로 미루는 습관도 생겼다. 휴대폰 벨이 울려도 진정이 보내오는 문자메시지를 확인하는 것 외에는 전화를 받지 않았다. 메일함을 열어볼 엄두도 나지 않았다.

***

문제의 메일을 받고 5개월이 지났다. 아무리 거센 폭풍우도 시간이 가면 잦아들듯이 인정도 차츰 안정을 되찾았다. 그날 이후 메일과 관련된 어떠한 일도 일어나지 않았다. 점차 몸도 회복되고 마음도 편안해지자 그녀는 '두 남자를 마음과 몸에 끼고 신선놀음하느라' 소원해진 친구들에게 다시 연락을 했다. 만나서 수다를 떨고 영화를 보고 등산도 다녔다. 하지만 그녀는 예전처럼 즐겁지 않았다. 친구들을 만나고 돌아오는 길에는 마음 한구석이 허전했다. 무엇보다 진정을 만나고 알게 된 '육체적 환희'가 가끔 그녀의 몸을 덮쳐 한바탕 휘젓고 가면 속이 헛헛했다.

인정은 자신이 이름처럼 어질고(仁), 정숙하게(貞) 살아온 것을 타고난 성품으로 알았는데 외간 남자와 이메일을 주고받고 육체적 관계까지 하면서 자신 안에 있는 또 다른 본성을 알게 되었다. '남자는 바람을 피워도 가정을 지키지만, 여자가 바람을 피우면 가정이 깨진다'는 말이 생각났다. 남자의 불륜과 달리 여자의 불륜이 쉽게 이혼으로 이어지는 현실을 반영하는 말일 것이었다. 또 다른 면에서는 남자의 불륜은 '유'에서 '유'를 하나 더 갖는 의미이지만 여자의 불륜은 '무'에서 '유'를 추구하는 것인지도 모른다. 육체적으로 '유'를 경험했던 자신이 다시 '무'의 상태를 강요받게 되는 상황을 어떻게 견뎌야 할지가 새로운 과제였다.

남편이 학회 참석차 일주일 예정으로 집을 비웠을 때 그녀는 한

참 동안 억눌렀던 육체적 갈증을 해소하고 싶은 욕망이 강하게 솟구쳤다. 마치 심하게 목마른 사람이 주인의 감시 때문에 우물 근처에도 가지 못하고 괴로워하다가, 주인이 자리를 뜨자마자 그곳으로 달려가 물을 벌컥벌컥 마시는 심정이었다. 간헐적으로 찾아왔던 욕정이 이제 그녀의 마음을 점령하기 일보 직전이었다. 하지만 지난 수개월 동안 번민했던 고통의 기억이 떠올라 달아오른 몸은 다시 얼어붙는 듯했다. 시소를 타듯 '활화산'과 '빙산'을 오락가락했다. 육체와 정신의 주도권 다툼으로 인해 그녀는 마음의 갈피를 잡을 수 없었다. 더욱이 밤이 되어 아무도 없는 텅 빈 침실에서 혼자 있으면 정신은 분열증에 가까울 정도였다. 이럴까 저럴까 하는 '시소게임'이 괘종시계 진자의 '좌우'로 바뀌더니 결국 탁상시계의 '똑딱'임이 되어 그녀를 더욱 미치게 했다. 그 순간 침실을 박차고 욕실로 들어가 샤워기의 꼭지를 틀었다. 한 차례 찬물을 몸에 받고 타월로 몸을 닦으면서 거울을 바라보았다. 그 속에는 그녀가 모르는 여자가 자신을 바라보고 있었다.

인정은 크게 숨을 들이쉬며 책상에 앉았다. 컴퓨터를 켜고 이메일 계정을 오픈했다. 스팸 메일들 사이로 현명으로부터 온 메일 세 통이 개봉되지 않은 채로 쌓여 있었다. 그녀는 현명의 메일을 클릭하여 제목만 보고는 다시 편지쓰기를 클릭한 후 자판을 두드리기 시작했다.

34. 갈등의 해결 방법

현명 씨

오랜만에 메일 드리네요. 그동안 통 연락하지 못해서 미안해요. 현재 제가 처한 상황에 대해서는 나중에 알려드리기로 하고 우선 현명 씨의 조언이 필요합니다. '이러지도 못하고 저러지도 못하는 심리상태로 혼란스러울 때', '오전에는 A라고 생각했는데 오후가 되니 B가 아닌가 싶고, 매시간 생각이 바뀌고 시간이 짧아서 괴로울 때'에는 어떻게 해야 하나요?

인정 드림

***

인정 씨

지난번 메일에 답장이 없어서 걱정했는데, 인정 씨가 어려운 상황인가 보군요. 하지만 구체적인 언급이 없어 일반적인 상황을 상정하여 답변드리겠습니다.

'갈등(conflict)'에는 세 가지 정도의 유형이 있지요.

첫째, 접근-접근 갈등입니다.

A와 B가 다 좋은데 그중 한 명만 선택해야 하는 상황입니다. 어떤 때에는 A를 선택해야지 했다가 또 어떤 때에는 B를 선택해야지 하고 마음이 바뀌면서 혼란을 겪지요. 이 경우에는 두 사람에 대한 장단점을 나열해봅니다. 그리고 자신이 추구하는 행복의 관점에서 상대적으로 장점이 많고 단점이 적은 사람을 선택할 수밖에 없겠죠.

둘째, 회피-회피 갈등입니다.

부모님의 강요에 의해 딱 두 명만을 대상으로 선을 보았는데, 그중에는 결혼하고 싶은 상대가 없는 경우이지요. 이 경우에는 제3의 대안을 마련하는 것이 해결책에 이르는 길이죠. 부모님께 말씀드려 다른 사람과 선을 봐서 선택의 폭을 넓혀야 하겠지요.

마지막으로 접근-회피 갈등입니다.

좋아하는 사람은 있지만 결혼 자체에 대해 고민하는 상황이지요. 이때에는 결혼을 했을 경우와 하지 않았을 경우에 누릴 수 있는 것과 누리지 못하게 되는 것을 각각 비교해서 상대적으로 더욱 만족할 수 있는 방향으로 결정합니다.

이상은 내가 갈등 상황에 처했을 때 활용하는 방법을 나름대로 정리한 것입니다. 아무쪼록 도움이 되길 바랍니다. 인정 씨의 고민이 조속히 해결되어 교류가 다시 활성화되길 기대하며.

현명 드림

35. 한 장의 사진

현명이 답장을 한 것은 인정이 메일을 보낸 지 하루 만이었다. 시간적 여유가 많지 않다면 그에게 인정이 그만큼 비중 있는 사람이라는 의미였다. 인정은 현명에게 미안했지만 남을 배려할 만큼 상황이 여의치 않다고 자신을 설득했다. 현명의 답장을 꼼꼼히 읽고 그녀는 자신의 사례를 접근-회피 유형이라고 보았다. 그리고 자신의 사례에 현명이 조언한 해결책을 적용해보기로 했다.

먼저, 진정을 다시 만났을 때 누릴 수 있는 효용과 그에 따른 비용을 나열했다.

현시점에서 그 효용은 섹스를 통한 '육체적 환희'로 압축할 수 있었다. 그를 만나기 전에는 전혀 느끼지 못했고 그렇다고 그리 절실한 것도 아니었다. 왜냐하면 책과 친구들의 이야기를 통해 머릿속으로 상상하는 수준으로 자신의 육체는 그것의 존재 자체를 몰랐기 때문이었다. 하지만 육체가 그 존재를 알아버린 다음에는 정신이 육체를 통제하기 힘들었다. 육체가 정신에게도 그 맛을 보여줘 공범으로 만들었기 때문이다. 그와의 첫 관계에서 느꼈던 세계는 어쩌면 자신이 말로 설명할 수 없는 유일한 것일 수도 있었다. 남편에게 죄책감을 느끼고 어쩌나 하고 불안감으로 후회도 했지만 '짜릿한 경험'에 대한 욕망을 그리 오래 가두어 두지 못했다. '후회'라는 자물쇠로 채워놓아도 '쾌락'이라는 열쇠가 쉽게 열어버렸던 것이다. 목마를 때 물을 마시면 갈증이 해소되지만 일정 기간이 지나면 다시 갈증이 찾아오는 것과 같이, 육체와 환희에 대한 기억이 공모하여 더 갈급한 욕구를 만들어냈다.

반면에 그를 만나 갈증을 해소하는 데 따른 대가는 생각보다는 크지 않았다. 그와 관계하는 횟수가 늘어날수록 남편에 대한 죄책감은 무디어지고 자신이 속물이라는 인식에서 오는 자괴감과 현명과 함께했던 고상한 정신적 교류가 다음 순위로 밀린 데서 오는 아쉬움 정도였다. 하지만 '수상한 이메일'을 받고 난 다음부터는 '자신의 불륜이 탄로 날 경우 초래될 불이익'이 엄청난 부담이 되었다. 그리고 그 부담으로 인한 고통은 결코 만만치 않았다. 자신의 행위가 탄로 나지 않는다면 효용에 비해 비용은 아주 미미하지 않느냐는 생각이 들었다. '탄로 여부'만이 관건이었다.

현명이 준 충고 덕분에 그동안 갈피를 잡지 못할 정도로 혼란스러웠던 생각이 어느 정도 정리되는 것 같았다. 하지만 인정은 정신을 집중하여 생각을 보다 더 정교하게 정리해나갔다. 그리고 '수상한 이메일을 받은 이후 지난 5개월 동안 이렇다 할 이상한 점이 없었으며 남편이 해외에 출장 중이므로 진정을 만난들 무슨 일이 있겠느냐' 하는 결론에 도달했다.

인정은 마음을 정했다.

'그래, 내일 오전에 진정 씨에게 연락을 해야지.'

오전 10시. 이렇게 늦게까지 잠을 깨지 않은 적이 없었다. 어제 늦게까지 곰곰이 생각에 생각을 거듭한 여파였다.

인정은 얼른 머리맡에 있는 휴대폰을 들고 문자를 보냈다.

'혹시, 오늘 점심때 시간 되세요? 만났으면 합니다.'

진정이 기다렸다는 듯이 답을 보내왔다.

'예. 어디서 볼까요?'

'L호텔에서요. 12시 30분쯤 어때요?'

'예, 그러죠.'

진정과 인정은 지난 5개월 동안 만나지 못해 생겼던 갈증이라도 풀 듯이 대화를 나누고 끓고 있던 마그마도 마음껏 분출하였다. 그리고 아무 일도 없었던 것처럼 각자의 위치로 되돌아갔다.

***

공항에서 남편을 기다리며 인정은 그를 전송하던 날보다 마음이 편안함을 느꼈다. 호텔에서 진정과 헤어지면서도 그녀는 혹시 누가 보고 있지나 않을까 하여 경계심을 갖고 주변을 둘러보았다. 마치 심한 갈증에 아무런 생각 없이 물을 벌컥벌컥 마시고 나서야 바가지에 이물질이 들어 있지 않았는지 살펴보는 심정이었다. 그날 이후 그녀는 며칠을 마음 졸이며 이메일을 확인했다. 하지만 문제의 메일 같은 것은 없었다. 그렇게 남편이 출장 중인 일주일을 채우고 나자 그녀는 안심하였던 것이다.

공항에서 돌아오는 차 안에서 인정은 남편에게 다가앉았다.

"나이가 드나 봐요. 이젠 며칠 떨어져 있으면 보고 싶어지고 그러네요."

남편이 그녀를 한번 보더니 빙긋 웃었다.

출장 다녀오고 이틀이 지나자 남편은 '이제 시차적응도 되었으니 대학 연구실에서 출장 결과를 정리해야겠다'며 집을 나섰다. 이틀 동안 그녀는 음식이며 대화의 주제에 이르기까지 모든 관심을 남편에게 맞추고 세심하게 배려했다. 마음에서 우러나서 하는 일이었다.

아침 청소를 마치고 인정이 컴퓨터 전원을 넣었다. 며칠 사이 무슨 일이 있겠냐만 혹시 하는 심정이었다. 메일 계정에 로그인 하고 잠깐 사이 그녀는 사색이 되었다. '최후의 통첩'이라는 제목이 눈에 띄었다. 그녀는 다시 강한 압박감을 느꼈다. 눈앞이 깜깜해지고 손이 떨렸다. 얼마나 당황하고 긴장했던지 엉뚱하게도 앞 칸의 메일을 클릭했을 정도였다. 초조하고 다급해진 그녀가 '페이지 여는 중'을 기다리지 못하고 왼쪽 바에서 받은메일함을 다시 눌렀다. 그리고 '최후의 통첩'이라는 메일을 조심스럽게 클릭했다.

"최인정 주부님

첨부한 사진을 보시기 바랍니다.

이후에도 가정주부로서 당신의 책무를 망각한 행위가 있을 경우 남편이 아닌 외간 남자와 당신이 망측한 모습으로 함께 뒹구는 장면이 담긴 사진을 남편과 주변 사람들에게 보내겠습니다.

앞으로 더 이상의 경고는 없습니다. 최후의 통첩이기 때문입니다."

부들부들 떨리는 손으로 마우스를 쥐고 첨부된 사진 파일을 간신히 클릭했다. 진정과 인정이 만났던 호텔 간판이 보이고 그녀가 입구로 들어가는 모습이 담긴 사진이었다. 비록 옆모습이 찍혔으나 그녀인 것을 쉽게 알아볼 수 있었으며 호텔의 입간판 또한 선명했다. 아, 이를 어쩌나! 순간 그녀는 어지럼증을 느끼며 방향감각을 잃고 의자에서 벗어나 거실 바닥으로 엉덩방아를 찧으며 주저앉았다. 간신히 정신은 돌아왔으나 머릿속은 멍하고 눈이 빙글빙글 돌았다. 인정은 온 힘을 다하여 정신을 집중해보았다. 순식간에 주변 사람들의 얼굴이 파노라마처럼 펼쳐졌다. 모두 자신을 비웃고 있다. 시집 식구들이 그녀를 향해 손가락질을 하고 욕을 한다. 침도 뱉는다. 친정아버지는 목을 캐겠다며 황망히 나선다……. 그녀는 두려움에 두 팔로 몸을 감쌌다. 눈물이 났다. 손가락은 머릿속을 헤집듯이 머리카락을 쥐어뜯었다.

몇 시간이 지났을까. 인정은 간신히 정신을 가다듬었다. 이제는 누가 이런 메일을 보냈을까 하고 추측해보는 것은 의미가 없었다. 앞으로 그녀가 어떻게 할지를 먼저 생각해보아야 했다. '하늘이 무너져도 솟아날 구멍은 있다'라는 말처럼 한줄기 희망을 찾아야 했다. '최후의 통첩'이라는 단어가 눈에 들어왔다. 그녀가 앞으로 하는 행동에 따라 '최종적인 폭로'는 막을 수도 있다는 말이 아닌가.

'그래, 여기서 그만 그치자. 그다음은 운명에 맡기자.'

인정은 조심스럽게 자리에서 일어섰다. 다시 컴퓨터 앞에 앉아 메일함을 깨끗이 비웠다. 그러고는 컴퓨터 전원을 끄고 플러그도 뽑아 버렸다.

36. 홀로 된다는 것

'그동안 감사했어요. 앞으로 우리 만나지 말아요. 그 길만이 제가 살 길입니다.'

인정이 마지막으로 보낸 문자에는 그렇게 적혀 있었다. 진정은 곧바로 '무슨 일 있어요?' 하고 물었지만 그 문자에 대한 답은 없었다. 며칠 후 진정은 휴대폰으로 연락을 해보았지만 '없는 국번이거나 결번'이라는 안내 멘트만 흘러나왔다. 아무래도 인정에게 무슨 큰일이 생겼음을 확신할 수 있었다.

석 달 동안 그는 아침저녁으로 인정에게서 답 메일이 왔는지, 자신이 보냈던 메일을 열어보았는지를 빼놓지 않고 확인하였다. 허공을 향한 메아리 없는 외침의 공허함이랄까, 아버지 어머니가 돌아가신 다음에도 느끼지 못했던 일종의 '금단 현상'이 찾아왔다. 일전에 인정이 '이별의 의미'에서 언급했던 '관계의 단절로 인해 겪게 되는 충격'을 제대로 받는 셈이었다.

그로부터 6개월쯤 되었을 때 진정은 인정에 대해 다시 한 번 생각하게 되었다. 그동안 '능률'과 '이윤'이 최고 가치인 기업문화 속에서 정신없이 하루하루를 보내다가도 인정이 보내온 메일을 읽고 큰 위안을 받았었다. 그녀의 메일에서 청량제같이 상큼하고 부드러운 속삭임을 들었으며, 메일을 보낼 때는 순수했던 시절로 되돌아간 듯해서 마음이 가뿐했다. 하지만 이제 다시는 그런 느낌을 얻을 수 없다! 이런 현실은 진정에게 너무나 큰 형벌이었다.

공허함과 간절함 속에 한 달 한 달이 지나고, 또 1년 2년이 지났다. 3년이 되어도 인정에게서 별다른 연락이 없었다. 현명에게도, 진정에게도.

진정은 인정이 떠난 지 상당한 세월이 흘렀음에도 불구하고 그녀에 대한 생각으로부터 자유로워지지 못했다. 인정과 함께 나누었던 메일과 대화의 내용을 되새김질하고 같이 다녀왔던 장소들을 머릿속에 그리곤 했다. 그러던 중 광주 비엔날레를 관람할 당시 화사한 옷차림으로 마치 소녀처럼 즐거워했던 인정의 모습이 떠올랐다. 순간 불현듯 그 무언가가 머리를 스치고 지나갔다. 광주 비엔날레는 짝수 해에 개최되고 홀수 해의 가을에는 광주 디자인비엔날레가 개최된다는 사실이었다. 진정은 혹시나 하는 마음에서 광주 디자인비엔날레를 관람하기로 했다. 문화예술에 관심이 있는 그녀가 광주에 나타날지도 모른다는 기대감에서. 국내 언론은 물론 미국의 〈뉴욕타임스〉와 영국의 〈가디언〉지(誌)에서도 광주 디자인비엔날레가 세계적으로 경쟁력 있는 디자인전시회로 평가되는 기사를 접했기 때문이다.

광주에 내려간 진정은 광주 디자인비엔날레가 열리고 있는 주 전시관은 물론 시내에 설치되어 있는 광주 폴리프로젝트까지 꼼꼼히 관람하였다. 작품들을 관람하면서도 관람객들의 얼굴과 뒷모습 하나라도 놓치지 않도록 세심한 주의를 기울였다. 하지만 그 어디에서도 그녀는 보이지 않았다. 반복되는 기대와 실망으로 인해 몸과 마음이 지쳐 버린 진정은 서울로 올라갈까 하다가 마지막으로 한 곳을 더 들르기로 했다. 인정과 함께 광주 비엔날레를 관람하기 직전에 둘이 만났던 바로 그 커피숍이었다. 그녀의 모습은 그곳에서도 보이지 않았다. 그는 커피 한 잔이 식을 때까지 마치 삼류 조각가가 습작으로 제작하여 아무렇게나 방치한 조각처럼 어설프게 앉아 멍하니 창밖만 바라보며 시간을 보냈다.

'내 인생에서 그녀는 어떤 의미였는가? 메일을 주고받은 것이 2년, 직접 만난 것이 1년 채 되지 않았으니 그녀를 알고 지낸 기간은 3년도 되지 않았다. 그런데 그만큼 꼬박 시간을 또 보냈는데도 왜 내 마음은 그녀에게서 벗어나지 못하는가?'

진정은 인간관계란 양보다 질(質)의 깊이와 무게임을 새삼 실감했다.

37. 메아리 없는 이메일

진정은 현명으로 보낸 메일을 다시 열어보고 과거에 인정이 보내온 급 메일을 다시 읽었다. 그리고 인정에게 다시 메일을 쓰겠다고 다짐했다. 그녀에게 사정이 생겨 지금 당장 열어보지 못하더라도 언젠가 꼭 답장을 해줄 것 같아서였다. 아니, 진정 자신이 아는 인정이라면 분명 그럴 것이었다.

'서로 합의하지 않으면 이메일 계정은 폐쇄하지 않는다.'

그것은 인정이 먼저 제시한 둘만의 약속이었다.

진정은 그동안 간헐적으로 이야기했던 프랑스의 화가와 작가를 우선 정리해 메일을 보내기로 했다.

38. 잃어버린 12년

현명 씨

어느덧 12년이란 세월이 흘러갔군요. 아무런 연락도 없이 메일을 중단해서 죄송해요. 그 당시에는 제게 너무나 엄청난 일이 생겨서 부득이하게 그랬던 것이에요. 누군가가 저의 남자관계를 알고서는 제가 호텔로 들어가는 장면이 담긴 사진을 보내왔어요. 앞으로도 그 관계가 지속될 경우 남편과 제 주변사람들에게 더욱 망측한 사진을 보내서 알리겠다는 최후의 통첩도 있었어요. 그래서 가족 이외의 모든 이성관계를 청산했지요. 현명 씨에게 사정을 알리는 메일을 보낼까 하는 생각도 해보았지만, 그 자체로서도 책잡힐 수가 있고, 한편으로는 현명 씨에 대한 저의 미련을 없앤다는 각오로 연락을 드리지 않았어요. 그리고 메일 계정은 아예 열어보지도 않았죠.

그렇게 흘러 보낸 시간들은 저에게는 마음의 등대를 잃고 죄책감과 고통 속에서 방황하는 인고(忍苦)의 세월이었습니다. 문제의 메일을 받은 이후로 저는 남편이 알고 있을 것이라는 생각에서 오는 부끄러움과 혹시 모를 수도 있다는 희망 섞인 기대감으로 항상 괴로웠습니다. 또한 남편에게 먼저 고백하지 못한 데서 생겨난 불안함이 어딜

가나 따라다녔죠. 남편에게 더 잘해야지 하고 마음을 다잡아보았지만 차갑게 식어버린 마음은 어떠한 군불에도 데워지지 않더군요.

그러다가 4년 전 남편이 뇌졸중으로 쓰러졌습니다. 식물인간 상태로 누워만 있는 남편의 대소변을 3년 동안 받아내면서 내가 지은 죗값을 치른다고 생각했습니다. 신은 저에게 세 배의 행복을 주셨지만 그 대가로 몇십 배의 고통도 주신다고 생각했지요. 속죄하는 마음으로 성심성의껏 병수발을 들면서 식었던 나의 마음에 점점 온기가 찾아왔지요. 그래서 마음의 죄를 짊어지고 있는 분들 중 상당수가 자신의 육체에 고통을 주는 힘든 일을 자처함으로써 그 짐에서 벗어나고자 하는가 봐요.

오늘은 남편이 죽은 지 1년 되는 날입니다. 오전에 탈상을 하고, 이런저런 짐을 다시 정리하면서 메일도 열어보게 되었습니다. 마치 우리만의 사연을 묻어놓은 타임캡슐을 꺼내는 심정이었어요.

'온라인상 교류의 조건'에서 '서로 합의 없이는 비록 이메일이 오가지 않더라도 이메일 계정을 폐쇄하지 않는다'고 했지요. 메일함을 열고 현명 씨에게서 온 메일들이 그 후 계속 쌓여 있는 것을 확인했습니다. 프랑스의 문학사와 미술사를 이해하기 쉽게 정리해주셨더군요. '현명 씨가 그러한 상황에서도 나에 대한 관심과 배려를 아끼지 않았구나!' 하는 생각에 그만 눈물이 핑 돌았지요. 비록 메일을 통해서나마 현명 씨에게 무한한 감사와 존경의 마음을 전합니다.

다음 달 20일, 그러니까 현명 씨가 제게 첫 메일을 보내신 바로 그날쯤 파리로 추억 여행을 다녀올까 해요. 현명 씨가 이 메일을 읽을 수 있을지 모르지만, 저의 죄송한 마음을 전하고자 합니다.

인정 드림

39. 퐁 미라보

미라보 다리는 현명이 스케치해 보내준 그림과 닮아 있었다. 인정은 다리 위를 이쪽 끝에서 저쪽 끝까지 몇 번을 왔다 갔다 했다. 그리고 다리와 좁은 길이 교차하는 지점에 놓인 벤치에 앉았다.

'이곳에서 현명 씨가 미라보 다리를 그렸구나! 스케치 그림 속 다리 난간과 실제 다리의 난간이 똑같네! 다리 위를 지나가는 사람들의 모습도 어쩜 비슷해 보이네!'

인정의 눈에 현명의 뒷모습이 보이는 것 같았다. 그가 다리 끝에서 스케치북을 펼치고 열심히 스케치하고 있었다.

'이게 어쩌면 그가 파리에 와서 맨 처음 그렸던 그림일지도 몰라. 아니 어쩌면 본인의 흥미와 관계없는 학과에 들어간 이후 처음 그린 그림일지도 몰라. 젊은 시절의 꿈을 접고 현실에 적응해야 했던 현명 씨, 파리 생활을 통해 감성을 되찾고 나와의 이메일 교류를 통해 다시 젊은 시절의 꿈을 되찾았던 그에게 나는 너무나 잔인했었어! 12년 전 예고도 없이 이메일을 일방적으로 중단했으니 말이야.'

인정은 현명을 생각하고 그때를 다시 한 번 떠올렸다.

'어쩌면, 그동안 내가 겪어온 고통보다 현명 씨의 고통이 더 컸을

지도 모른다. 내가 겪어야 했던 고통은 나의 선택에 따른 것이었다면, 현명 씨의 고통은 자신의 책임과 관계없이 강요된 것일 수 있기 때문이다. 이제 말년으로 접어든 내 인생에 있어서 지난날을 돌이켜볼 때 과연 소중한 것이 무엇이었던가?'

그녀는 벤치에서 일어나 다시 한 번 다리 끝으로 가더니 스케치를 들여다보고 다리를 쳐다보았다. 그러고는 다리 난간에 팔을 얹고 강물을 내려다보았다.

'남편, 현명, 진정. 내가 만났던 세 남자와의 인연에서 남편은 우티의 일상이 그렇듯이 물같이 덤덤했지만 꼭 필요한 무엇이었으며, 진정은 육체가 정신을 지배할 수 있음을 깨닫게 해준 마약 같았다. 그리고 현명은 마음을 정화하는 영혼의 양식 같았다. 지난날에 내가 선택했던 행위에 비추어보았을 때, 생존 본능은 성욕에 앞섰으며 성적 본능은 지적 욕구보다 앞섰던 것 같다. 나이가 들어 육체가 시들어가는 시점에서 생각해보니 현명과의 만남이 더욱 소중하다.'

미라보 다리를 벗어난 인정은 강변을 따라 늘어선 아파트 쪽으로 발을 옮겼다. 현명이 보내주었던 두 번째 그림을 꺼내었다.

'아, 저기가 현명 씨가 살았던 아파트구나! 1, 2, 3……7, 8에서 다시 아래로 하나, 둘, 셋, 5층! 현명 씨가 저기서 미라보 다리와 센 강을 바라보았겠구나! 그리고 그 많은 사연들을 내게 보냈겠구나!'

인정은 다리 쪽으로 되돌아와 건너편 카페 테라스에서 자리를 잡았다. 물론 미라보 다리가 가장 잘 보이는 곳이었다. 커피 한 잔을 앞에 두고 또다시 미라보 다리를 바라보았다. 카페에서는 에디트 피아프의 〈Non! Je Ne Regrette Rien〉이 흘러나오고 있었다. 점원이 놓아둔 메뉴판에는 기욤 아폴리네르의 〈미라보 다리〉가 적혀 있었다.

미라보 다리 아래 세느 강이 흐르고
우리들의 사랑도 흘러간다
그러나 괴로움에 이어서 오는 기쁨을
나는 또한 기억하고 있나니
-기욤 아폴리네르, <미라보 다리>에서
(그림 : 미라보 다리에서 올려다본 아파트)

***

미라보 다리 반대편에 위치한 시외 직통 전철역(RER). 선글라스에 트렌치코트를 입은 한 남자가 한 시간째 다리 쪽을 향해 서 있었다. 누구를 기다리는 폼은 아니었지만 몇 시간째 한곳을 바라보며 꼼짝 않고 있었다. 바로 진정이었다. 지난달 인정이 보낸 메일을 읽고 먼저 파리에 도착하여 그녀가 오기를 기다리고 있던 것이었다.

진정은 다리 위를 왔다 갔다 하거나 무엇을 들여다보는 인정을 알아보았지만 그쪽으로 다가가지 않았다. 진정도 이제 혼자였다. 딸의 교육차 미국에 머물렀던 아내가 미국 생활이 체질에 맞는다며 딸이 대학에 들어간 후에도 한국으로 돌아오지 않아 결국 이혼하였던 것이다. 하지만 지난날처럼 또 한 번 진정이 될 수 없었다. 회환의 눈물인가, 그의 볼에 흘러내리는 것이 있었다.

'인정 씨 앞에 결단코 나설 수 없다. 만약 그녀가 나와 현명이 동일인임을 알게 된다면 나에 대한 배신감이 어떠할까? 그녀가 받을 상처를 누가 감당할 수 있단 말인가!'

그 순간 인정이 미라보 다리 끝에 있는 계단을 통해 센 강의 고수부지로 내려간다. 곱게 포장되었지만 비교적 좁은 강변 고수부지와 강물 높이의 차이는 불과 30센티미터 정도였다. 인정은 품 안에서 흰색의 무언가를 꺼낸다. 그리고 조심스럽게 강물 위에 띄운다. 그녀가 카페에서 정성껏 적은 사연이 담긴 종이를 접어서 만든 배였다. 그 배는 흐르는 강물을 따라 천천히 떠내려갔다. 인정은 마치 망부석처럼 고정된 자세로 점점 멀어져 가는 배를 바라보고 있다. 진정은 떠내려가는 배와 그 배를 바라보는 인정을 보면서 가슴을 쥐어뜯는다. 센 강의 노을빛에 반사된 그의 얼굴에도 두 줄기 노을빛이 흘러내렸다.

***

Q. '문제의 이메일'은 누가, 왜 보냈을까요?

■ 글쓴이의 말

〈파리에서 온 이메일 : 퓨전소설로 읽는 프랑스 예술기행〉이라는 책을 발간하게 된 것을 매우 뜻깊게 생각한다. 이 책은 〈세느 강에 띄운 e편지〉(2011. 9)의 개정판이다. 7년 4개월 만에 개정판을 내게 된 동기는 잠재적 독자들의 요청에 따른 것이다. 나의 특강을 들었던 분들이 출판사에 전화를 걸어 책을 구할 수 없겠느냐 하는 문의가 많았다는 것이다. 이는 〈세느 강에 띄운 e편지〉라는 소설 스토리에 재난안전 등의 콘텐츠를 탑재하여 특강을 했기 때문이다. 나는 출판사의 제안에 따라 개정판을 내기로 했다. 가독성을 높이기 위해 기존 소설에서 상세히 기술했던 작가들에 대한 소개를 대폭 축소하는 등 전체적인 분량을 줄였다. 대신 최신 소식을 일부 추가하였다. 무엇보다 책 제목도 〈파리에서 온 이메일〉로 바꾸었다.

나는 2009년 2월부터 2년 동안 파리에 있는 주OECD대표부의 주재관으로 근무를 했다. 파리는 광주광역시 문화관광국장으로 근무하던 때에 베니스 비엔날레를 참관하기 위해 이탈리아에 다녀오는 길에 잠시 들렀던 곳이다. 광주 국립아시아문화전당의 모델이 된 퐁피두센터를 방문하여 벤치마킹할 수 있는 아이디어와 자료를 얻고 운영 실태를 알아보기 위해서였다. 2박 3일의 짧은 일정이었기에 덤으로 에펠탑과 개선문, 콩코드광장만 둘러볼 수 있었다. 당시 아쉬운 귀국길에서 언제 다시 파리에 갈 기회가 있다면 차분히 살펴보고 싶다는 소망을 간직했었다. 그 후 7년 만에 문화와 예술의 중심도시 파리에서 730일 동안 생활할 수 있는 행운이 나를 찾아왔다.

파리로 이사할 때에는 '아는 만큼 보인다'라는 말에 따라 서양사총론, 서양미술사, 서양문학사, 그리고 관광안내책자를 챙겼다. 유럽의 중심인 파리를 베이스캠프 삼아 서양역사의 현장을 둘러보고 그에 관한 기록들을 퍼즐 맞추듯이 하나씩 확인하고 싶어서였다. 하지만 현실은 그렇지 못했다. 영어와 프랑스어 동시통역으로 진행되는 국제회의에 수시로 참가해야 했기에 시간이 녹록지 않았다. 그래서 파리 한 곳이라도 문화와 예술에 초점을 맞추어 깊이 있게 들여다보기로 했다. 시간이 날 때마다 현장을 방문하여 조금이라도 더 느끼고 하나라도 더 알고자 했던 작은 노력의 결과를 귀국 후 종합하여 정리할 수 있었다.

2018년 2월 광주광역시 행정부시장으로 오게 되었다. 문화 중심도시 광주에서 근무한다는 기대감과 함께 강한 책임감이 나의 가슴을 두드렸다. 책장 깊숙이 잠들어 있던 〈세느 강에 띄운 e편지〉를 꺼내어 다시 프랑스의 문화예술과 대화를 시도했다. 그 시절 파리 생활이 새록새록 떠올랐다.

부시장으로 근무하는 동안 기관 단체에서 특강 요청이 오면 내가 쓴 소설 스토리를 활용하여 메시지를 에둘러 전달했다. 반응은 뜨거웠다. 그 결과가 개정판을 탄생시킨 것이었다.

소설을 읽었거나 특강을 들었던 분들이 수상한 이메일을 누가 왜 보냈는지에 대해 궁금해하셨다. 그래서 내 나름대로 생각해 본 내용을 소개하면서 작가의 말을 마치고자 한다.

소설이라는 측면에서 큰 흐름을 보는 시각은 빅토르 위고가 중심이 된 낭만주의적 관점과 에밀 졸라가 중심이 된 자연주의적 관점에 따라 질문에 대한 답변이 상당히 다를 수 있다.

낭만주의적인 관점에서 볼 때에는 문제의 메일은 진정과 인정의 관계를 알게 된 남편이 보냈을 것이다. 이는 가정을 지키기 위해 아내(인정)로 하여금 그녀의 불륜관계를 스스로 정리하도록 하기 위함이었을 것이다. 왜냐하면 남편이 인정을 매우 사랑했기 때문이다.

자연주의의 시각에서 볼 때에는 현명(진정)과 인정의 선택과 행동 하나하나에 현실적 계산이 깔려 있다는 것을 간파할 수 있다. 진정의 입장에서는 소울메이트인 인정과 잠자리를 갖게 된 이후 인정의 필요성에 대한 평가가 달라졌을 것이다. 즉, 그녀에 대한 환상은 줄어들고 새로운 부담이 생겼을 것이다. 따라서 그녀와의 육체적 관계를 중단하고 지난 2년여 동안 지속해왔던 온라인상의 소울메이트 관계를 복원하고자 '문제의 이메일'을 보냈을 것이다. 그가 가지고 있는 온라인상의 인물인 '현명'과 오프라인상의 인물인 '진정'이라는 두 개의 카드 중 '진정'이라는 카드만 버리려고 했던 것이다. 하지만 인정은 수상한 이메일과 사진이 첨부된 최후의 통첩을 받고서 진정과의 관계는 물론 현명과의 관계마저 정리해 버린다.

모든 평가의 주체는 독자다. 따라서 위에서 언급한 시각에 따른 평가도 독자들에게는 단지 참고가 될 수 있을 뿐이다.

2019년 1월

정종제